生活因阅读而精彩

生活因阅读而精彩

天下美文
- 哲理卷 -

古保祥／著

风会记得那朵花的香

中国華僑出版社

图书在版编目(CIP)数据

天下美文. 哲理卷:风会记得那朵花的香 / 古保祥著.
—北京:中国华侨出版社,2014.8 (2021.4重印)

ISBN 978-7-5113-4847-0

Ⅰ.①天… Ⅱ.①古… Ⅲ.①散文集-中国-当代
Ⅳ.①I267

中国版本图书馆 CIP 数据核字(2014)第191348 号

天下美文哲理卷:风会记得那朵花的香

著　　者 / 古保祥
责任编辑 / 月　阳
责任校对 / 孙　丽
经　　销 / 新华书店
开　　本 / 787 毫米×1092 毫米　1/16　印张/17　字数/229 千字
印　　刷 / 三河市嵩川印刷有限公司
版　　次 / 2014年9月第1版　2021年4月第2次印刷
书　　号 / ISBN 978-7-5113-4847-0
定　　价 / 48.00 元

中国华侨出版社　北京市朝阳区静安里 26 号通成达大厦 3 层　邮编:100028
法律顾问:陈鹰律师事务所
编辑部:(010)64443056　64443979
发行部:(010)64443051　传真:(010)64439708
网址:www.oveaschin.com
E-mail:oveaschin@sina.com

序

小女孩每天借着路灯做作业，路灯高高地悬在半空中，散射的光芒大多消失于苍穹。守候小女孩的是一个摆面摊儿妇人，面摊儿从春天走到冬天，从未停歇。她们一家的生计始于此，小女孩的学费始于此，她们不敢懈怠。

生意一般，特别是在冬日里，小镇上没有几个人愿意在严寒的时候接济她们，因此，她们的收入很微薄。

小女孩的眼睛疼得厉害，她不敢告诉母亲，只是用冻僵的手抹眼睛上冻干的泪。

一个调皮的小男孩，从母亲手中接过一盏灯，挂在自家的门前，母亲在后面叮嘱道：“挂的位置要适当点，爸爸的眼睛不好，怕看不清路。”

小男孩在墙头上调皮地冲着小女孩笑，小女孩将笑容完整地接纳了，毫不保留地保存在美好的回忆里。

小男孩的爸爸回来时，小女孩的作业也做完了，她们在收拾行李，准备回家，这大概是每晚九点左右的光景。

双方并未交流，交流也是一种伪装，人散后，灯灭了，院子里传出笑声。

小女孩的作业做得出奇地好，灯源明亮充足，不晚也不早，恰恰落在她的前方，影子被拉得斜长，这样的光源，吸引得下班的人匆匆在她们的摊前驻足，有些人趁着灯光收拾自己衣服上的脏物，有些人则要一碗热面，扫尽一日的沮丧，迎接明天的朝阳。

世间没有巧合，巧合的只是爱。

人造的美好，无时无刻不存在于世间，变成经典，酿成美酒，千古流传。

风会记得那朵花的香，香味四溢，经久不息，这便是世间大爱。

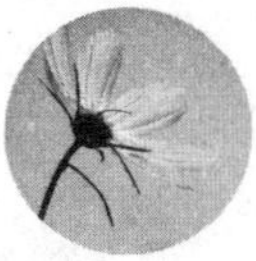

目录 CONTENTS

第一辑
没有一朵花死在向往开放的路上

第二辑
有裂痕，人生才能入味

第三辑

一万次的单调，才可以直抵骄傲

第四辑

一无所有，才是拼的理由

第一辑

没有一朵花死在向往开放的路上

这世上没有不渴望开放的花，每朵花都隐藏着属于自己的梦想，只要心不死，梦便不老，春便常在，哪怕身逾百年、千载。没有一朵花会死在向往开放的路上。

没有一朵花死在向往开放的路上

巴西利亚辖区有一个小镇叫莫尔镇，小镇上约有人口1万人，在当地小有名气，由于旅游资源丰富，这儿一度成为人间天堂。

时至春日，一个年逾百岁的老妇人，在镇上宣传自己，为自己拉选票，因为四年一届的镇长选举拉开了帷幕。

这个叫卡普里的女士精神矍铄，她于半年前报名参加镇长选举，虽然令人大跌眼镜，但探究她的奋斗之路，大家却为她的自强不息而啧啧赞叹。

卡普里年轻时候发誓成为一名政府议员，她奋斗了10余年时间，终于在40岁时，才有幸成为巴西利亚市议会的一名议员。

41岁那年，她报名参加巴西利亚市市长选举，却因为家族有着反叛的背景而惜败于对手，她并没有因此而停滞自己的政治生涯，在一阵阵奚落声中，她与自己的丈夫不得不隐居在山林里以退为进。

45岁那年，不甘寂寞的她，从江湖背后杀了出来，一举获得了巴西利亚副市长的职位，但她的从政之路并非一帆风顺，一年时间，由于涉及自己家族的一宗腐败案件，她被议会弹劾，不得不半途而废，引咎辞职。

这对于她的政治前途无异于晴天霹雳。她的丈夫，一度因为她的异常表现而将她送进精神病院，为此，他们的爱情蒙受了巨大的刺激，她的丈夫远离他而去，从48岁那年，她开始过上了水深火热的无爱生活。

她郁郁寡欢了好长时间，一个人生活，每天靠新闻度日，依信仰而勉强糊口。

这个奋发向上的女士并没有停止自己向往政治的梦想，她于 50 岁那年，被一场政治事件烘托到风口浪尖上，由于其有着良好的知名度，加上个人的政治嗜好，她成为巴西总统的热门人选。

“我感到喜从天降，喜鹊天天在门楹飞舞。”她在回忆录中这样描述个人的感受。

六个候选人，根据分析人士的建议，她极有可能从政治选举中异军突起，杀败其他候选人，夺得总统大选。

但她虽然有着无法泯灭的政治梦想，却没有良好的政治头脑，她被当作了其他政客们互相攻击的棋子，让她参选，不过是一种计策罢了。

一个月后，她照例成了孤家寡人，坐在自家的庭院里看云起云落，内心却遭受了前所未有的磨难。

她本来想轻生结束自己的性命，但她的丈夫，却意外地出现了，送给她一份惊喜，并且重归于好。

她头一次感觉到：爱情其实是最重要的，甚至于超过生命。

71 岁那年，她重新成为一名政府议员，年龄虽长，但参政议政的能力与日俱增，每每大选之日，她成为互相追逐的对象。她虽然不再致力于当官，但却做了许多老百姓认可的善事，在她的倡导下，修建了孤儿院，小镇上头一次有了养老设施，在她的建议下，小镇修建了专门培训小偷的机构，用以对各类犯罪人员悔过自新，这在全世界，尚属首次。

100 岁生日前夕，莫尔镇的前途经受了前所未来的挑战，小镇人心不古，不再向善，猜测、攻击处处皆是。100 岁的卡普里女士毅然决然地拍案而起，她向所有的百姓们讲述了自己的施政策略，在半年后的选举大战中，她一举胜出，名正言顺地成为一名正职，虽然只是一名小小的镇长。

她的任期只有四年，但她答应媒体要不遗余力，不会因为自己的年龄而懈怠，每天照常上下班，并且会参与晚上政府组织的各类公益活动。

在安第斯山脉下，有一种花叫普雅花，它的花期极长，一百年才开放一次，开放时间极短，只有短短的半天时间，但在开放时，却刹那芳华，香味穿透环宇，闭月羞花，一骑绝尘。

年逾百岁的卡普里，其梦想、胸怀与芬芳足可以与普雅花相媲美。

这世上没有不渴望开放的花，每朵花都隐藏着属于自己的梦想，只要心不死，梦便不老，春便常在，哪怕身逾百年、千载。

没有一朵花会死在向往开放的路上。

总有一朵花在冬天开放

康斯坦丁是莫斯科中学二年级的一名学生，他平日里钟情于文艺，他在自己的作文中这样写道：我想当一名打动世界的演员。

因此，他平日里利用业余时间，广泛参与学校组织的各种文艺活动，并且在许多重大比赛中崭露头角。但他的做法，却遭到了自己母亲与俄语老师的极力反对，在他们的干涉下，康斯坦丁一度失去了许多参与重要文艺活动的机会。

康斯坦丁的确与众不同，他功课优秀，俄语、数学课程名列前茅，曾经代表莫斯科中学参加过全苏的比赛，并且取得了骄人的成绩。因此，家长与学校均认为：康斯坦丁作为一名优秀的学生，必须以学业为重。

康斯坦丁的出行受到了严格的限制，因为学校的各种活动，他不能参加，他曾经想过诉诸学校的上级领导，但却投诉无门。

康斯坦丁的性格出现了扭曲，长期的压抑迫使他选择了离家出走；这么优秀的一名学生，心灵却脆弱地要命，这是学校通知康斯坦丁母亲时的话语。

一周后，康斯坦丁在莫斯科郊区被发现了。这起事件，使得他的母亲与学校出现了妥协趋势，康斯坦丁如鱼得水地开始出现在学校的娱乐舞台上。

毕业那年，他参加了莫斯科市大型舞台剧比赛，比赛的胜出者，将可以获得总统的邀请出现在克里姆林宫，这是一次难得的机遇，康斯坦丁拥有极大的热情与旺盛的斗志。

他是导演兼演员，在剧中，他饰演一朵梅花：寒冬开放的梅花，梅香千里，斗志昂扬，是这出舞台剧给观众的正能量。

但演出当天，参演人员中，竟然许多人得了流感，尽管采取了应急措施，但依然影响了参赛效果。只差了一点点，康斯坦丁没有获得晋级的机会。

这是他人生的第一次打击，却是致命的，康斯坦丁第一次品尝了失败的滋味，他发誓，再也不会参加文娱活动。

康斯坦丁寒假时沉默了好长时间，他的许多好友前来找他，希望他振作起来，以正确的方式面对失败。

几个好友，在冬雪中前行。蓦地，一簇梅花，映现在眼帘，康斯坦丁与大家围着梅花，尽情地唱着歌，笑脸再一次出现在他的脸上。

梅花坚韧，骨骼坚硬，品质高尚，她从不向寒冷低头，而是香飘千里，她以自己独特的姿态面对着人生的冬天。康斯坦丁觉得自己就是一朵梅花，遇到人生的低谷在所难免，而选择迎难而上还是死亡，主动权却在自我。

康斯坦丁大学毕业后，到了俄罗斯第一频道工作，20 年时间，他从不懈怠，45 岁那年，他成为俄罗斯第一频道的总裁，且是历史上最年轻的总裁。

2012 年，他受到了俄罗斯总统普京的邀请，到克里姆林宫做客，席间，他接到了总统下达的命令：要求康斯坦丁导演索契冬奥会开幕式。

这是一次全新的时刻，康斯坦丁奋斗了两年时间，他带领他的团队，孜孜不倦、废寝忘食，终于，奉献给了全世界一场精彩迭出的开幕式。

2014 年 2 月 7 日，索契冬奥会开幕，18 个篇章，贯穿俄罗斯的历史，俄罗斯古典音乐绕梁三日，俄罗斯芭蕾舞栩栩如生，将人带到如梦如幻的童话境界。

人生难免出现酷寒，生命或许会处于左右为难的荒原，总有一朵属于自己的花，在冬日凛冽开放，这就是你的生命花，高贵典雅，怒放千里。

给下属的礼物

芭比娃娃的创始人露丝·汉德勒女士，是一位平易近人的管理者，她的形象和蔼可亲，经常出入各种公开场所，她一度成为芭比娃娃的最佳代言人。

1976年，受经济下滑影响，美国的失业率大增，几乎美国所有的公司都在裁员，芭比娃娃总部不得不做出了一个重大且残忍的决定：全球裁员。

留下来的自然是精英人才，当时，公司内部纷纷传言：人少后，工作量会增加，工资会降低。

这是一项多么残忍的事情，由于裁员梳理不到位，公司军心动摇，许多地方竟然出现了罢工现象，媒体蜂拥而至，将搜刮到的点滴事件放大，唯恐天下不乱。

这极大地影响了芭比娃娃的声誉。

露丝女士坐在沙发上喝着咖啡，面前摆着如山一样的文件，许多高层跑到了总部向她请示。

当天傍晚，芭比娃娃8位高层领导，正坐在自己的家中看电视，他们刚刚从一场会议中释放出来，在会上，露丝女士谈了芭比娃娃未来的发展方向，却矢口不提如何解决罢工的事情。

门铃响了，露丝女士走了进来，高层们不知所措之时，露丝女士却提着各式各样的礼品，包括一个特大的红包。当夜，8位高层都收到了露丝女士的礼品。

不仅如此，8位高层也纷纷走动起来，他们每个人下面都管辖着众多中层干部，无须多讲，一份礼品暖人心，领导的关怀已经到位了，每个中层的肩上都有自己的责任，该怎么办？

半个月时间，风行芭比娃娃公司内部的罢工事件居然烟消云散了，许多员工莫名其妙，就好像公司领导没有采取任何措施一样。

1978年，露丝女士第一次面对媒体，讲了自己应对经济危机的措施：

一个人的能力再大，也没有本事阻挡灾难。而一群人集中起来，就可以抵挡排山倒海的洪水。每个下属都是自己的代言人，每个老板都应该学会给下属送礼，因为温暖的力量是无穷尽的。

邮寄豪宅

1915年8月，德国首都柏林。一战的影响正波及全国，人心惶惶，买卖停业，店铺关门，德国经济面临崩溃的边缘。

在柏林郊区，有一个叫麦克尔的富商，正准备将大部分财产转移到中立国瑞士，瑞士是他的第二故乡，他的女儿与女婿定居在那儿。

大部分财产均已经转移，只剩下一栋1000平方米的豪宅，其他富商们采取了抛弃的策略，但面临的唯一结果便是在战争中遭遇毁灭。麦克尔于心不忍，他便雇了人将豪宅进行了拆卸，除了不值钱的砖与瓦外，其他诸多组成因子，比如说檩子、大梁，包括绘满壁画的墙壁均保留下来，麦克尔开始时是想将这些宝贝埋在自家的地下室里，等到战争阴云过去时，再回来重整河山。但这绝对不是一个万全之策，将这些值钱的东西想方设法送到瑞士，才是长久之计。

怎么送？德国阴云密布，除了通往瑞士的邮政业尚未关门停业之外，其他运输、交通、船舶等行业早已经不复存在，麦克尔想请女儿派专车来拉，但计算运费后，让他大惊失色，一共需要400万瑞士法郎。

麦克尔一夜白了头，第二天一早，邮差来给他送报纸，邮差无意中的一句话提醒了他，邮差道："先生，战争阻挡不了邮政业的发展，尤其是通往瑞士、瑞典的邮差并未停止。”

邮差只是在做广告，而麦克尔先生却眉头一皱、计上心来。

由于战争，邮政业门可罗雀，加上欧洲传统的邮政业收费并不高，其中有一项特殊规定：对于建筑上的物品，按照1/3计算收费。这条规定的初衷是为了促进建筑业的发展。

很快地，麦克尔到了邮局，要求将自己卸下来的豪宅邮往瑞士，经过邮局人员精心计算后，邮资浮出水面，大约3万瑞士法郎，接下来的两天时间里，大车小车的物资整装待发，于十日后，安全到达了瑞士首都伯尔尼。

这简直是一个荒唐的决定，几乎德国与瑞士的大部分报纸在报道战事的同时，噱头般地报道了这起不可思议的故事。而瑞士邮政部很快发现麦克尔钻了邮政规定的空子，为了阻止其他人同样操作此事，他们很快修改了相关流程。

邮寄豪宅，看上去荒唐无比，却不得不说是一种别出心裁的创意。许多创意来源于荒唐，或许，没有荒唐，就没有电灯泡的产生，也不会成就爱因斯坦的千古美名。

回报以痛

朋友是在父亲的鞭打中长大的，朋友自幼丧母，父亲酗酒成性，对他的管理近乎残酷。自小到大，没有给过他零花钱，他从小学会了在垃圾坑中刨食。13 岁时，便已经自食其力了，给学校的食堂擦抹桌椅板凳，并且主动为学校打扫卫生，以换取微薄的报酬。

父亲从来没有对他笑过，缘于他凄苦的家境，唯一的一次微笑是在他 15 岁那年，他获得了学校作文比赛的一等奖，不仅拿了一个奖状，而且赢取了 100 块钱的奖金。他用奖金买了两样东西，一样是买了一束康乃馨送到了母亲坟前，母亲生前爱花；另一样是买了一瓶高档酒，送给了自己的父亲。

父亲喝多了，酩酊大醉的那种，父亲手舞足蹈，问他有什么心愿，他只说了一句话："爸，以手再打我时，轻点就行。"老父亲泪流满面。

其实，他十分忌恨自己的父亲，曾经一段时间里，他变本加厉地告诉自己："等长大了，回报他以世界上最厉害的疼痛。"

但毕竟是父亲，他临时改变了主意，他要让父亲过好日子，父亲给自己的痛，而自己要回报他以歌、以酒、以财富。

出外闯荡江湖时，他唯一放心不下的依然是老父亲，硬生生地为他找了个老伴，那良家妇女是邻村的，声称不图富不图钱，只图一个老来伴。

在他疑惑的眼神中，父亲勉强委曲求全。他行走天涯，其实就是创业而已，他才知道，父亲自小送给自己的疼痛，如今却成了伟大的意志与财富：他可以在大太阳下面暴晒，更可以坚守在工地上坚持不懈，别人吃不了的苦，他可以承受，别人无法忍受的苦痛，他可以义无反顾。

在他 28 岁那年，他回转了家园，不仅赚了个盆满钵盈，而且抱得美人归。

偌大的院子里，父亲像个孩子似的疯狂着，鞭炮齐鸣，人山人海，老两口子，以苍老的姿态面对着儿子。

引来了媒体，让父亲无论如何介绍教育孩子的心得，父亲伸出了手：“打出来的，无他。”

一句话引来了哈哈大笑，记者以为父亲幽默，其实，在一刹那，他的脊背仍然酸疼，时光猛然回到了十几年前，老父亲一记耳光，扫平了他所有的不可一世。

父亲瘫痪了，半身不遂，每天必须接受针灸治疗，学过医的妻子，每天无情地将针扎入父亲的身体里，父亲毫无知觉，只是在疼痛来临时，像个孩子似的疯狂吼叫着。

痛就是一个脓包，这世间，痛无时无刻地存在着，甚至有时候雪上加霜。送给你痛，你该还以善良，施以幸福，可毕竟，生命总是以无常的姿态面对着世间万物；送给你痛，有时候，你还回的可能还是痛，还是锥心的纠缠。

索性，爱是世间最好的磨合剂，以痛治痛，才是治愈生命的良方。

孤独也是一种爱

阿拉卡塔是一座小镇，贫穷且凄凉，但风景秀丽，一个衣着破烂的少年，每天穿行在小镇前往郊区的路上。这儿经常下雨，路不好，几条诡异的枝条，伸展着自己的腰肢，好像一个个魔鬼滑稽的笑容。

少年每天在这样孤独的环境中度过。他年仅 12 岁，从小便对魔幻作品感兴趣，他曾经荒唐地认为：哥伦比亚应该由魔鬼统治才好，鬼能够让人富裕了，也就是好鬼了。

少年每天去郊区，其实是有两件任务：一件是给身在煤窑的父亲送饭，一天三顿从不间断，否则自己的父亲便会遭受饥饿的威胁；在煤窑里工作，生命随时会有危险，因此，少年十分珍惜与父亲见面的时光，每次父亲总是三下五除二地将饭吃完；第二件事，是因为他喜欢上了镇上的一所学校，那是一所有钱人才可以上的学校，朗朗的读书声，在少年看来，是一部伟大的人间杰作。

每天为父亲送完饭回来的路上，他总会猫在墙外面，听里面的读书声，这声音简直是一种享受，无与伦比的美好音符。

终于，他下定了决心，决定潜伏到校园里，他找了一个绝佳的场所，那是一处矮木旁，正好可以看到老师的表情，还可以看到课堂上的黑板，无论从角度，还是从声音上来看，这儿绝对是一个好地方。但最大的遗憾便是，这儿有无数只蚊子，做好了随时进攻你的准备工作，它们对人类的鲜血兴趣盎然。

谁也不会想到，这个少年，竟然猫在这儿偷听了五年光阴。他学会了许多知识，每天回家后，他要为自己布置家庭作业，本子是捡来的，还有铅笔头，地面上，墙壁上，到处是孩子留下的手笔。母亲对他的做法感到怀疑，但只好听之任之，这样年纪的孩子，大多数早已经沦落为街头的乞丐了，少年能够如此听话，已经是一个好孩子了。

五年之后，少年被发现了，原因十分简单，这株矮小的灌木丛枯死了，而少年失去了可以倚赖的道具。校长还有许多老师，对面前这个皮肤黝黑的孩子感到怀疑，五年时间，一直待在这儿，孤独、惶恐，还有这么多可怕的小动物，他是如何熬过来的。

校长要报案，说有人盗窃了这儿的知识。少年吓坏了，校长其实是想考验一下他，五年时间，你都学了哪些知识，现场进行了一次考试，这个叫马尔克斯的少年，竟然对课堂上老师所讲的知识如数家珍，成绩排在全班第一名。

简直是不可思议的事情，这样的学子，即使再贫穷，也不能让他丧失受教育的机会。

校长破格让他进了学校里，不需要缴纳任何学费。

他十分珍惜难得的机会，每天除了给父亲送饭外，需要跑步前进，因为他不想当全班的特殊者，迟到是一件十分可怕的事情。

加西亚·马尔克斯，拉美文坛最有实力的作家，《百年孤独》是作者一生的缩影，这部作品一经问世，便畅销不衰，这也使马尔克斯一举获得了 1982 年的诺贝尔文学奖。

正是因为小时候的孤独，让他学会了思考，学会了忍受常人难以忍受的艰难；孤独也是一种爱呀，是对自己的关爱，对自己的肯定，也是一种执着的前进毅力。

孤并不可怕，独却是独一无二，学会了与自己对话，与灵魂对话，与未来对话。一个可以暂时忍受孤独的人，一定可以厚积薄发；一个可以一辈子忍受孤独的人，一定可以成为生活中的强者。

给你三年长大的时间

芭比娃娃创始人露丝·汉德勒女士，凭借一系列芭比娃娃的电影而声名鹊起，除了经营影视业外，露丝女士还开创了芭比娃娃玩具公司，几乎一夜之间，芭比娃娃这种时尚的玩具就风靡全球。

模仿者、盗版者盛行，在纽约市，一周时间里，便出现了上百家盗版公司，在海外，模仿者更是不计其数。

这极大地伤害了芭比娃娃的声誉，公司高层义愤填膺，公司拥有此项技术的专利，可以声讨他们。露丝女士却不动声色，她秘密地进行了调查，结果显示：在纽约，最大的模仿者是一家汉勒的公司。

露丝秘密约见了汉勒，汉勒手足无措，他已经做好了最坏的打算。

露丝并没有责怪他，而是与他协商了一个决定：给你三年的时间，发展壮大，但你需要向芭比娃娃公司缴纳专利使用费用，如果三年以后，你仍然是一个无名小卒，你必须被芭比娃娃公司收购。

如此人性化的决定，让汉勒先生感到不可思议，媒体也是议论纷纷，众说纷纭，有人说露丝自从生了一场大病后，许多决定就不再英明，还有的说这是芭比娃娃走向衰落的标志。

接下来，露丝几乎与所有盗版芭比娃娃的公司都签订了同样的协议，一时间，芭比娃娃的生产趋于集中化。

而在此时，露丝却下了指令：加大研发力度，生产新型的芭比娃娃产品，将核心技术掌握在自己手中。

不到三年时间，许多模仿者被挤垮了，汉勒先生第一个带头，同意芭比娃娃公司收购自己的公司，半年时间内，全球约上万家盗版公司竞相加盟了露丝的公司，盗版公司几乎瞬间消失殆尽。

面对盗版，露丝并没有对簿公堂，而是采用了怀柔策略，对簿公堂都会有损失，不过是鱼死网破，但这样做，等于芭比娃娃与众为敌，盗版者会更加猖獗。露丝用一项人性化的决定，使各个盗版者无路可走，不得不加盟自己的公司。

给你三年时间，让你长大，如果你无法成功，就要归我所有。

每天送母亲一个微笑

一个头发花白的母亲，刚刚失去了爱子。

儿子在病床上与癌症战斗了三年时光，花光了积蓄，散尽了资财，妻子远走高飞，唯有脆弱的老母不离不弃。老母喜佛，每天烧香祈祷，哪怕倾家荡产，她只希望佛祖可以还儿子一个健康的身体。

儿子曾经是个花花公子，年轻时候不懂事，背着母亲不知晓，做了许多恶事，挣了许多钱，也曾在赌场上一掷千金，娶了一个喜欢钱财的女子为妻，在他身体每况愈下之时，那女子卷了自己的所需扬长而去。

儿子还是走了，他走时十分安详，老母亲流光了眼泪，在好心人和好友的帮助下，按照乡下的习俗，入了土，为了安。

母亲心绪难平，每天活在阴影里，家里空空如也，再也没有儿子叫娘的声音。

整理儿子的遗物，儿子生性潇洒，平日里写了许多文章，母亲下定了决心：将儿子的作品整理成册，就是自费也要出版，算是送给他的最后一份礼物。

竟然发现了一大摞档案袋，20 个档案袋，每个档案袋里，装着 365 个纸条，每个纸条上面，都是一则笑话。

母亲感到不可思议，分明是儿子的手笔。

看了两则笑话，母亲破涕为笑了，儿子精摘的笑话特别好笑，几乎每个都是让你仰头大笑的那种。母亲明白了，三年前，他被检测出绝症时，每天将自己关在房子里，说是静心，其实，他是在整理自己的身后事。

母亲年逾古稀，再送母亲20年的寿命，是儿子最大的心愿了，于是，他起早贪黑地忙碌，起初时，准备了10个档案袋，太少了，自己的寿命将尽，老天爷一定会将自己未活完的命强加于母亲身上，再准备10个吧，母亲活到90岁，不算奢求吧。

思念不是纪念，不需要隆重，更不需要准备一座金山银山，这些亲笔书写的笑话，已经是世间最吉祥的赠予了：母亲坐在灯下，轻捧着那颗颗珍珠般美丽的童话，语言轻启，笑意盎然，忘了苦痛，淡了忧伤。

这便是爱，看似轻盈，实则伟大，来无影去无踪，像春天，像落叶，像风花，更像雪月。

写给韩小野的情书

认识你，是由于你的父亲大人，他声名远播，才气逼人，他生下的女儿，自然而然地会成为众人眼里的娇宠。果不其然，2 月 24 日，你的父亲大人，在博客中晒出了你的一张玉照，萌翻了所有的人，许多人竞相留言，称呼你的父亲大人为岳父，我忍俊不禁，对你也是羡慕有加，生在这样的家庭，有着这样的身世，不由得对你产生由衷的爱慕。

不要管我多大，我可能大得出奇，但依然可以做你的忠实粉丝，不过，实话实说，我不太喜欢你的父亲大人，但由于你，我对他也算得上疼爱万分，这也是一种爱屋及乌吧。为了你，身为大人的我，要加快认识你们家庭成员的步伐，我翻看了你父亲的书，还有你的母亲的照片，我惊奇地发现，你的确长得随你的父亲，怪不得网民们发出怪论“一大拨女婿正在靠近”。

我也可能处于青年，青年是明天的太阳，因此，对任何人、任何事物产生非分之想，再正常不过的事情了。不要过分地想象我的容貌，现在我告诉你，我是一个标准的东方美男子，头发长而奇，怪装异服是我的爱好，因此，我一向将自己打扮得特立独行，无他，就是想吸引你的注意力，哪怕你天使一样的眼睛，送给我世界上丝毫最初的艳羡。

如果我是一名与你一样大的少儿，那就再好不过了，我们称得上是大好年华，做两小无猜如何，或者干脆一起青梅竹马。我知道你的名字取材于罗大佑的《野百合也有春天》，你的父亲以这样一个名字印证着你的美好未来——像田野一样的才气，终会洒向四面八方；我更知道你爱听笑话，你曾经与自己的父亲一起聊天，更会信誓旦旦地挑逗他，让他忘乎所以后，你就达到了自己的目标。所以，我会网罗世界上最好听的少年笑话，讲给你听，如果你愿意，我会讲个不停，直到东方发白。

我曾经爱过许多人，在幼儿园里，老师是我涉猎的对象，女同学也成为我追逐的目标，可是，直到遇到了你，我改变了自己的人生观，我要将这封情书亲手送与你，表达我莫名其妙、无可名状的爱恋。

但既然爱了，就要负责到底，我要看着你长大，会每天关注你父亲的博客，希冀他可以晒一星半点关于你的前世今生，有前世吗？或许我们见过面，有来生吗？我怎么越看你越像邻家女孩。

不过，我可能会让你失望至极，我的父亲是一个普通人，他一没有怪才，二没有钱财，有的，只是一颗从小教育我学会爱人的心。所以，我做过不少好事，比如说帮助无助的人过马路，更抑或搀扶老人起来，我不害怕他们讹我，真要应验了，我就告诉他们：我的女友是韩小野，韩寒的女儿，他的书，足可以让你们放弃恶念。

我不会夸奖人，也不是故意以这样的口吻讨好你父亲，我生来就是一个爱唠叨的少儿。你生得那么好看，像个天使，所以，我要用最好的词歌颂你，哪怕有一天你长大了，不认识我，我依然不改初衷，这世上，没有随随便便的放弃与爱。

给你的情书，不好写，中间停留了半天时间，这半天时间，我去了趟幼儿园，接受老师的教育，老师说小孩子不许谈恋爱，我不想成为他们的笑柄，于是，我哭了个梨花带雨。

但我逃了出来，因为，我的“政治任务”没有完成，无论如何，我就是想将这封情书写完，哪怕明天的明天，你与我转眼就是形同陌路。

夜深了，大人孩子，无暇欣赏夜的美丽，他们只会在灯红酒绿下，享受着现代化的清静与潇洒。

最后送给你一个祝福吧，这世上最美的爱不是爱别人，而是要学会爱自己，我的眼光不会错的，你生来就是一个会爱自己的天使。

每个人都有自己的下坡路

江子这几天一直不舒服，因为公司正在裁员，许多熟悉的同事不幸成为下岗人员。而江子，在公司工作资历浅，平日里趾高气扬惯了，极有可能被当成“箭靶子”。

江子刚进公司那阵子，一度以本科生的身份自诩，目中无人，在这样一个效益好但人数少的小公司里，江子是名牌大学毕业生。因此，他刚过来，就被委以重任，总经理信任，加上个人能力强，顺利地当上了部门主管。

他经常指挥大家加班，因此，许多下属们骂他，说他无情无义，他不想这样，但为了自己的业绩，更为了在总经理面前得宠，他不得不这样做，这便是市场竞争的准则。

裁员开始了，经营部的老霍，资深人员，赫然被裁。

老霍体会到了人走茶凉的凄凉，没有人理会他，他收拾了行李，准备起身回家。

楼道口，江子遇到了他。出于礼貌，江子送他到公司门口。

年迈的老霍感动得热泪盈眶：“没有想到，送我的人竟然是你，我们以前是对手，但我明白了，你才是我的知己。”

江子养成了一种习惯，人都有走下坡路的时候，因此，每逢一个员工被裁后，他都会主动到门口送人家，有一两名工程师，拉了他，找了个酒馆，喝了个酩酊大醉。

江子的心里也不好受，以前对不起人家，现在，各奔东西，应该是互相体谅才是。

江子由于能力过人，没有被裁员，但他的工作明显增多了，有时候压得人喘不过气来，至于涨工资，是不可能的事情，公司今年效益差，能够发下工资已经难能可贵了。

江子与以前被裁的老同志们，保持着高度交往，由于离别时留下电话与QQ，因此，江子经常在网上与他们沟通。他们中的有些人，重新创了业，有些人，保持着中规中矩的姿态，最可怜的却是老霍，回家不久，便得了重病。江子是公司中唯一一个去看望老霍的人，他的有情有义，在圈中人看来，绝对是友谊中的经典。

老霍不幸逝世了，许多人前去吊唁，江子接到了老霍爱人的电话，让他无论如何过来照应下，没有法子，老霍生前朋友少，儿子尚幼，江子请了三天的假，将老霍的丧事照应得滴水不漏。

江子却被总经理找去谈了话，总经理认为他有思想情绪，要求他反省检查。

江子道：“他们是离开公司了，但我们仍然是朋友，每个人都有自己的下坡路，我也会有。”

“你是会有，马上就要看到了。”总经理怒火中烧。

江子决定主动请辞，一个不能够善待员工的老板，如何可以让员工信服？

他刚刚辞职，便接到了另外一家公司的邀请，公司以前离任的一个年轻人，他创办的公司。江子对人大度，有责任感，在别人走下坡路的时候，无微不至地帮助了人家，这样的人才，哪里不需要？

在职场中，我们要保持着自己良好的心态，在上坡时要想到下坡。

一个人不可能永远处于高峰，高处不胜寒，人都有跌入低谷的时候；你走下坡路的时候，最需要的不是高高在上的傲慢，而是一两句款款的问候，或者是一杯薄酒，洗去所有的不快。

人品比文凭更重要

自从进入这家销售公司后，胡小峰的业绩节节攀升，他的潜能被充分挖掘了出来，短短一年时间，他已经成功进入公司中层岗位。

传出了内部消息，胡小峰有可能在年末，升职为公司的销售总监。

与他成为竞争对手的，是一个在公司工作近十年的资深外贸人员乔泰。他的工作业绩突出，且是公司骨干，无论从哪个角度来讲，胡小峰都算是一个“打酱油”的人。

恰在此时，山雨欲来。有人爆料：胡小峰的学历造假。

这是胡小峰的软肋，他学历低，面试时经常碰壁，一次偶尔的机会，他认识了一位会造假学历的朋友，于是，一拍即合，他的学历成了某名牌大学的本科。

一定是竞争对手在暗中捣鬼，胡小峰坐卧不宁，甚至影响了正常的工作，有一笔单子，由于自己的情绪影响，竟然差点酿成大错。

不仅如此，又有消息传来，胡小峰在原来的公司，是由于工作严重失职而被开除出去的，这样的人员，如何可以成为公司的销售总监。

胡小峰年轻涉世少，几乎在一夜之间被人打倒了。

两年前，胡小峰应聘在一家保安公司就职，由于夜晚喝酒，他竟然放了歹徒进入小区里，结果是歹徒刺伤了两个人，而胡小峰由于严重失职被开除。这成了他永远的痛，他从此后，发誓再不喝酒。

以前的旧消息，竟然有人热衷于搜集？胡小峰欲哭无泪。

苦思冥想了多日，胡小峰决定去见一下总经理，向他和盘托出事情的整个经过。之所以这样做，他是想获得老总的原谅，自己凭的是真本事，不是凭一张假学历文凭。

当天下午，胡小峰在楼道里，竟然碰上了乔泰，乔泰若无其事地从他身边掠过，然后停下身来，对他道：“小子，你赶紧败北吧，瞧你做的龌龊事。”

胡小峰没有反驳，而是暗暗地握紧了拳头。

总经理和颜悦色，看着对面坐着的一脸紧张的胡小峰，他伸手拽出了几张纸巾，示意他慢慢讲。

胡小峰一口气承认了错误，他本以为总经理会勃然大怒，拍案而起，然后，老总却笑了起来：“我早就知道这些，文凭就是一张纸嘛，其实，我一直在给你机会，看你有没有勇气讲出来，还有，你以前的那些事情，也有人向我检举了，越是犯错误多的人，越是可塑之才，这是我用人的一贯原则。”

胡小峰虽然是假文凭，但他坦白了自己的错误，与业绩比起来，这点错误不值得公司深究。因此，胡小峰不仅由此获得了老总的信任，而且顺利地成为公司历史上最年轻的销售总监。

至于乔泰，由于恶语中伤，为了升职，竟然变本加厉，这样的品格，如何可以成为公司的股肱之臣，总经理将他开除了。

人品比文凭更加重要，一个品格高尚的人，一定可以在自己的工作岗位上挥洒自如，毫无牵挂地完成自己的工作，企业缺少的正是这种正气凛然。

从无关痛痒到事关全局

曹霞是一家中型企业的普通文员，她一向默不作声，内向的性格使得她长期处于劣势地位，办公室主任将她安排到了最不起眼的角落里，每天做些打杂的工作。

比如说需要去外面参加会议，重要的会议一般是主任前去，而一些无关痛痒的交流会，她有了用武之地。

她是个做事情十分认真的女孩子，其实，这些会议在可去与不可去的范围，就是一些应酬而已。而她每次接到任务之后，总是认真地准备，打电话咨询会议内容，然后带着公司的相关资料前去。有时候，为了做好一份完整的资料，她甚至会加班加点，但每每的结局却总是让人失望：她准备的资料，要么是没用，要么是被主办方当作垃圾，扔在杂乱无章的资料堆里。

她有些心痛，有心想与主任沟通，自己不想做这样毫无意义的工作，但她试了几次后，均被领导以繁忙为借口支开了，其实在偌大的办公室里，必须有一两个可以做无关痛痒事情的人员。

也就是说，有功劳的事情，全是领导去做，无关紧要的事情，全是她来打理。

曹霞决定辞职，她准备好了辞职报告，认真地阅读，包括标点符号的错误，她都要挑出来。

在她准备上交辞职报告的前夕，她得到了参加一个项目交流会的通知，那天，主任谎称没空，轻描淡写地将会议的相关资料交给了曹霞，然后自己若无其事地继续喝茶聊天。

曹霞有心反驳，但决定将这个事情接下来，后天自己就正式辞职。

这是一个项目交流会，与会的是企业界的精英代表。首先要准备好公司的相关简介，曹霞更新了公司过期的简介，将今年开发的一些新型产品加了进去；然后曹霞准备了一些样品。其实，这是大可不必做的工作，但曹霞是这样想的：项目交流会，如果没有实物产品，项目如何可以谈成功?

曹霞是当天参加会议中唯一一个携带产品的人，当她一进入大厅里，便引来了记者们的青睐，电视台现场直播，曹霞做了充分的准备。自己现在依然是公司的一名员工，因此，她认真地谈了自己公司产品的优势，引来了无数关注。

那天在项目交流会上，曹霞竟然成了焦点，由于她们公司的产品有影响力，加上她谈吐不凡，博得许多企业家的好感，她竟然被邀请到了主席台就座。

当天，有多家企业愿意与曹霞所在的公司进行合作，曹霞拨通了主任的电话，主任却不予理睬，无奈之下，曹霞只好拨通了总经理的电话。

老总风风火火地赶了过来，现场签约两个项目，公司可以年新增产值5000余万元。总经理紧紧握着曹霞的手，脸上满是感动。

曹霞被总经理破格提拔成了总经理助理。总经理在会上语重心长地告诉大家：重视每一件事情，哪怕它是多么渺小，有些看似无关痛痒的事情，却可以事关全局。

不要小看那些细枝末节，它们的存在影响着主干是否健康成长。有时候，小题大做也是一种精神，如果想在职场中获得好的礼遇与待遇，就一定要重视领导安排的每件小事，哪怕它无关痛痒。

第一个被裁的竟然是总裁

2008年，美国金融危机肆虐全球，美国太阳微系统公司也不能避免，为了保障企业可持续运转，公司高层不得不做出在全球裁员5万人的决定。

消息一经传出，便掀起轩然大波，许多不明真相的员工聚集在总部前面，他们对这样的决定不理解，要求企业给出一个明确的答案。

太阳微系统成立于1982年，是一家网络公司，发展十几年，已经一跃成为全美最大的网络公司，运营效益明显。许多被裁者均是企业的老员工，他们在企业工作多年，与企业有情感，这样的决定，无异于一石激起千层浪。

公司人力资源部经理石浪先生不知所措，他的手机被打爆了，不得不关了机躲在一间狭小的办公室里。

不仅如此，总裁桑德尔的办公室也被员工们包围，许多员工义愤填膺，认为公司的裁员存在黑幕，要求给一个合理的说法。

桑德尔不得不将一个个员工叫进办公室里，单独做思想工作。这样的工作是很累的，许多领导担心总裁的身体受不了折腾，认为不必这样小题大做，公司下发的文件虽然残酷，但这是市场竞争的规律，大家不得不接受。

桑德尔不这样认为：每一个员工，都有权利向总裁质询，如果领导不能够给出合理的解释，注定会是一个失败的领导。

裁员一波未平，一波又起，许多员工采取了罢工、砸场等过激行为。

周一早晨，却传来了一个惊人的消息：太阳微系统裁员中，第一个被裁的竟然是总裁桑德尔先生。

这怎么可能？一定是一场滑稽戏罢了，许多人不信邪。

但到中午，却得到了确切答案，总裁桑德尔由于经营不当、对企业的运营存在严重的失误，成为第一个被裁员的人。

总部广场上，鸦雀无声，总裁桑德尔告诉大家：我也是不幸的，如果没有做好工作，被裁是在所难免的。

绝对不是一出闹剧，桑德尔自此后离开太阳微系统，十年未曾踏入半步，而首席执行官麦克尼利已经正式接任总裁的工作。

第一个被裁员竟然是总裁，绝对不是匪夷所思。桑德尔一向以仁德治理太阳微系统，面对着全球大裁员，他率先垂范、牺牲自我的精神值得所有老板们效仿，是全球企业家们的榜样。

要么就做好，要么就不做，宁缺毋滥。这种精神，难能可贵。

要么适应，要么灭亡

黑莓落魄了，几乎一夜之间的事情。六年前，情况并非如此，黑莓是手机世界的晴雨表，一举一动，都会掀起巨大波澜。

黑莓失败的原因多种多样，可能最主要的原因在于一个致命的失误。

2007年，苹果手机在全球第一家推出了触控屏概念，而当时，主打摁键手机的黑莓仍然操控着全球80%的销量，首席设计师比尔先生一直想设计一款独特功能的手机，而这款手机的主界面仍然是摁键为主。

当时，黑莓总裁吉姆先生已经意识到竞争会十分残酷，他当时已经否决了这项提议，但有一个内幕消息传来——苹果手机，已经准备推出多功能的智能手机。

这则消息传来后，吉姆先生坐不住了，首席设计师比尔先生将自己的成型方案摆在总裁面前，经过认真地论证后，公司决策层同意了这项高达1亿美元的研发计划，一年时间后，一款以摁键为主的多功能智能手机问世，大家坐等着可以收获巨大的市场份额。

与此同时，苹果手机也同时推出了以触控屏为主的多功能智能手机，于是，市场上便出现了两款截然不同风格的手机，双方竞争加剧，惨烈异常。

黑莓最大的失误在于固执己见，以摁键为主的智能机虽然功能强大，但触摸功能差，用户会耗费更多的时间与精力，而苹果手机，以触摸为主，时间短，随意性强，极符合用户们随心所欲的特征。

半年时间，战役结果泾渭分明：黑莓手机惨败，苹果手机大胜，苹果手机几乎是一夜之间取代黑莓占领了全美甚至全欧市场。

而当时，黑莓想改变传统，已经来不及了，一是已经投入了巨额的研发费用，二是市场的认同度已经出现了倾斜。黑莓首席设计师比尔先生已经意识到这是一次致命的失误，在挽救来不及的情况下，他选择了引咎辞职。

吉姆总裁也迅速地组织技术人员研制触摸屏上的智能手机，可是已经为时晚矣，一年时间过去了，苹果手机早已经更新换了代，而黑莓研发成功的触摸屏手机虽然上市了，但市场却不认可，几乎无人问津。

现代商业有一条残酷的准则：要么适应，要么灭亡。换句话说，就是要么快速适应，要么以更快的速度灭亡。

适可而止的标准

1968年，美国加利福尼亚州圣克拉拉市，英特尔公司设计出了世界上第一款微处理器，带来了计算机和互联网的革命。

由此，英特尔公司的微处理器开始广泛应用于各类计算机、处理器上面，英特尔公司声名鹊起，很快成了全球第一大微处理器公司。

但这样一款附加值高的创新型产品，却差点难产。

根据客户要求以及结合以往的经验，微处理器一定要没有任何质量隐患，外表光洁，极富美观性。因此，过高的要求，使得这款产品一经投产，便出现了损失。

高价格，新型的产品，本来可以赚他个盆满钵盈，这是怎么回事？

公司总裁兼首席设计师安迪·格鲁夫闷闷不乐，眼前的报表表明：这类产品，连续三个月处于亏损边缘。

是价格报低了，还是产品本身存在设计瑕疵，极需要论证。

格鲁夫是个喜欢闷头做事的技术工程师，为了弄清楚事情的真相，他从第一道工序开始排查，连续两天两夜未合眼：整个生产过程毫无问题，包括产品的设计开发，没有任何纰漏。

格鲁夫不知如何形容自己糟糕的心情，难道是数据出现了差错？格鲁夫开始了解整个销售环节：产品质量优秀，客户并没有任何挑剔。

当天傍晚，格鲁夫的手机上竟然意外收到了一个员工的短信，短信的内容直截了当：产品的标准太高了，都是废品。

微处理器，价格高昂，那么多的废品，自然而然地会出现亏损。

令格鲁夫惊讶的是，自己视察车间时，竟然没有发现几片废品，他纳闷之余，连夜冲入车间里，重新观察。

那些可怕的废品，每一分钟便会产生一个，由于车间领导害怕被问责，将废品扔进了无人问津的角落里。

不算是废品，只是标准定得过高而已，有些产品是可以使用的良品，格鲁夫详细翻阅了相关检测标准后，认为产品定的标准过高，竟然是导致亏损的直接原因。

连夜开会协商标准， 这世上并没有十全十美的产品，每个产品都会或多或少地存在问题，但重要的是，你的问题不要高于对方的检测标准。

当夜，新的标准产生了，并且于第二天送到了客户手中进行确认。

微处理器进入正常化、正规化经营的渠道，一年多时间里，全世界的计算机几乎都在使用英特尔的微处理器，格鲁夫成了名副其实的划时代人物。

标准不是绝对的，是相对的，这世上并没有毫无瑕疵的产品，适可而止的标准，不是要你制造精品，而是制造出合格的产品，就可以满足客户的要求。

财由心生

2013年7月，德国遭遇了百年一遇的洪涝灾害，巴伐利亚、萨克森与图林根等市，暴雨肆虐，有的城市水位甚至达到了400年来的最高水位。

德国民众自发救灾，但灾区最缺乏的自然是救灾物资及干净的水源。于是，一些不法之徒，哄抬物价，将牛奶、方便面等食品的价格炒成了天价，虽然德国政府强加干预，但效果甚微，有些地方已经出现了哄抢救灾物资的局面。

面对着天灾人祸，许多企业选择了涨价。

德国欧德堡奶业公司，总裁欧德堡先生却明令禁止涨价，他们坚决不发国难财。

其实，早在2008年，金融危机影响全球时，欧德堡公司的销量就已经出现了下滑的局面，幸亏总裁欧德堡先生采取了应对措施，才扭转了局面。

许多中层对此表示不解，他们认为：适当涨价不仅可以增加企业的效益，更可以促进公司的良性循环。

在洪涝灾难发生之前，他们内部的高层，已经做好了准备涨价的准备工作，但灾难发生后，总裁却否决了涨价提案。

民众排着队，在欧德堡分销商门前购置平价牛奶，欧德堡的作为使灾区百姓喝上了新鲜的牛奶，许多百姓拍手称快，说欧德堡是民族品牌的代表。

许多竞争对手表示不解，他们大肆地涨价，在短时间内，赢得了许多利润。

灾难过去后，欧德堡奶业的生意却出奇地好，销量比去年同期增长了30%的销量。正是由于灾难期间欧德堡的不涨价，促使了民众对欧德堡品牌的敬仰，公司的许多领导人才如梦方醒。

不仅如此，灾难面前，欧德堡公司表现得大智大勇还感染了德国政府，总理默克尔下文表彰了欧德堡公司的不涨价行为，赞扬他们在大灾面前的睿智与英明，这样的公司，正是德国民族品牌的骄傲。

整个欧洲，乃至全世界都知道了欧德堡牛奶，他们的经营业绩迅速攀升，如今，将生意做到了全欧洲，甚至中国。

财由心生，心是良心，是爱心，不是贪心，任何贪念都会导致企业这艘船失去前行的动力，从而船毁人亡。

若想一夜暴富，要经营冒险；

若想生意做得持久，要经营心灵。

温暖地活着

(1)

她悠然地坐在小摊前，谁也不知道她充满光环的过往，偶尔会有一两个顾客掠过她的身边，要么要一碗米皮，坐下来慢慢品尝，要么便是打个招呼。

她孑然一身，在一次意外事故中失去了右腿，对象不好找，也曾爱了许多年，但再好的许诺也架不住金钱与年华，好歹便是一个人过了。

她十分瘦弱，不盈一握，眼神中却满是欣喜，一点儿也没有悲怆。几个调皮的学子们，会与她讲几个笑话，她潇洒地将长发甩到了脑后，算是对他们的一次褒奖。

每个人的一生都有或多或少的金色年华，似玉若雪，晶莹剔透，更如裙角飞扬的一瞬间，所有的辉煌乍现。才知道了她的那次意外事故，竟然是为了救一个无辜的路人，她是警校毕业的一名学生，为了救一个陌生人，与歹徒搏斗，失了许多血。

我想她的天空一定会乌云密布，因此，每次都以崇拜者的目光，畏惧地索要一碗米皮，我看着她，轻盈地跳跃着，像一朵花，在人际间悄然盛开的花。

没有过多的言语，她活得十分温暖。

一个人如果不会自己爱自己，才是真正的可怜。

那个傍晚，几个闹事的孩子，摩托车失控了，撞向人群，众人睁大了眼球，不知所以然。她竟然冲了出来，敏捷的身躯飞了起来，一意孤行才是她的最佳写照，拽下了车上的人，摩托车轰然倒地，将她的胳膊划出了万朵桃花。

我去城里之前，留下了她的一张照片，是我的要求，怯生生的要求，她拍了拍桌子，大气地答应了我。

相由心生，相何尝不是灵魂的写照，这样的一帧照片，写满了爱。

似水流年里，每个人都是孤鸿，谁见幽人独来往？

(2)

剃头匠姓孙，在这样一个灯红酒绿的年代里，依然坚守着一种传统，美容店，美发屋，琳琅满目，剃头匠的生意门可罗雀。

女人就坐在身旁，他每完成一件杰作，她便兴奋地鼓掌。她有病，他无时无刻地要照料她，就是在理发的间隙时，她也会跑来跑去，害怕跑丢了，他心疼，顾不了许多了，任凭你只是一个半成品，他也要疯狂地追赶，直至成功后。你需要呆傻地坐在板凳上，接受时间的煎熬，偶尔你会抱怨，而他总会回过头，信誓旦旦地说道："甭急，急了不好。"

不是他的手艺感天动地，而是他的爱。

这个女人，并不是他的结发之妻，是她的嫂子，他一生未娶，哥哥三年前去世，托了他的手照顾嫂子的残躯。

二话不说，点头称是，接过了衣钵，三年时光，荏苒而过，不离不弃，哪怕你有万千诱惑，在他的眼里，也不过是过眼烟云。

本来打算娶一房媳妇的，但世上没有哪家女人，愿意接受这样的现实，我这朵花，岂可能与另外一个女子同挤一个花盆？

索性，断了念头，每日里与疯癫为伍，习惯了也是一种温暖，阳光普照，没有挣扎与苛求，挣的钱全买了药，只有一颗慈悲的心。

照片是他赠送我的，他知道我在收集家乡的名人，他说自己只是个人名。

照片安然，众生相，苦相，没有笑容，笑容是每个人的权利，但他却以这样一记苦相，让我铭心刻骨。

见不到了，再回老家，他已经仙逝，在出丧的那一刻，嫂子竟然醒了过来，明白了事理。不可思议的事情，但终究还是发生了，如果你不清醒，谁来照顾你的残生?

一个弱不禁风的女子，每天执着地坐在阳光下面，继承了他的衣钵，给人剃头，不要钱，好心人路过，零花钱扔了遍地，她的水平的确有限。但偶尔会有几个调皮的年轻人坐在她的身边，所有的调皮烟消云散了，这儿，爱代表一切，静才是主题。

(3)

老人无名氏，守着一座修长的小桥，守了十年，他之所以守，全是为了生命。

附近有一所中学，十年前，有一个伶俐的女中学生，从这座小桥上纵身一跃后，他便上了心，从此后，退休的他将守候当成了主业，任何男生女生，甭想从他的眼眸里轻生，他自豪地告诉大家：他挽救了十个孩子的生命。

本应该享受天伦，顺应天意，但他选择了守，他如春天里盛开的一树樱花，没有人知道他这样做的终极意义，有些人甚至认为他抱残守缺，老了想出名谋利。他一笑置之，当时当景，路旁的樱花烂漫，桥下流水潺潺。

男孩子是他唯一的败笔，三年前，他老态龙钟，感冒的他头晕眼花，晚了一步，到时，看到一个风中的少年，荧荧的目光如闪电，纵身一跳，他也跟着跳了下去，身后，她的老伴也跟随而至。

少年沉入了水底，他年迈体衰，没有完成这项艰巨的任务，捞上来时，少年早已经没了呼吸，他号啕大哭，大病一场。

他的老伴，代替了他，每天在桥上守候，守了半年，他病好了，重操旧业。

活着就是一种责任，每个人的一生都不是无限的，哪怕你的前半生衰草连天，你的后半生照样可以花团锦簇。

他赤着脚，手中捻着一根烟，悠长的身躯，照耀着岁月山河，星如其人，月如其人。

岁月是什么，长的是磨难，短的是人生，无论岁月给他们什么，伤痛、离别、辱骂甚至是体无完肤，他们终究只是以己度人，繁华落尽，不染尘埃，对夕阳，对世事，对路人，对烟雨人生。

温暖地活着，已经是福了。

余爱绕梁

公交站牌前，一个上了年纪的妇人，拎着一个大袋子，里面是刚刚抢购的鸡蛋。鸡蛋价格飞涨，柴米油盐、一丝一毫都需要精打细算。

人多手杂，不知是谁的手，碰到了鸡蛋，落在地上，碎了一地，蛋清蛋黄，淌了出来。公交车盘旋而去，老妇人满脸落寞，嘴里嘟囔着，想想一周的生活费，禁不住骂了出来。

站牌旁边是一个小摊，卖鸡蛋饼的，一个小姑娘，正在帮助母亲摊饼，闻讯赶了过来，手中端着一个碗，顾不了许多了，抢救鸡蛋要紧，妇人道："鸡蛋都碎了，算了。"小姑娘不依不饶，小心翼翼地将每个破碎的鸡蛋捧了起来，将蛋清蛋黄倒进碗里。

这样的烟火人家，才知道日子的金贵，成全她吧，妇人叹了口气，坐在站牌旁边出神，她在等下一班公交车。

周围全是冷漠的人群，一男一女正处于恋爱期，漠视地搂在一起，在他们的世界里，全是禁不起推敲的浪漫。

花费了约十分钟时间，小姑娘将一大碗的鸡蛋汤呈了过来，妇人一愣，才知道，这个小姑娘竟然是替自己收拾的。

妇人道："不要了，你们用吧。"

小姑娘一脸青涩，许是某个学校的学生，趁周日的间隙帮助家里人，回过头来看母亲，母亲冲着她点点头，小姑娘忙不迭地跑了过去。

车马上进站了，老妇人准备上车，仍然一脸沮丧。小姑娘却跑了过来，手中举着十块钱，硬生生地，由不得你拒绝，毫不犹豫地塞进了妇人的手中。

妇人好半天才回过味来，但人已经在车上了，无他，满脸的感动，将手伸出车窗来，冲着母女俩摆手致意。

刚才的所有不快，烟消云散了，老妇人记住了一个孩子的善良，虽然丢了鸡蛋，但她却收获了爱心。

站在公交站牌前的我，刚刚经历了失业的苦闷，没有想到，这样一个不经意的时刻，竟然被我毫无保留地烙在内心里。

她们生活一定拮据，或者正在为每月的按揭而发愁，不然，不会冒着严寒，在冬天的黄昏里，筹划着明天。本来已经破碎的鸡蛋，毫无用处，但小姑娘却用美好的心灵，将损失降到了最低点。

我走了过去，示意她们，用刚才破碎的鸡蛋为我摊饼，那味道，感觉舒服到了极点。

后面，有无数的人拥了过来，有一种口碑，小到极致，却可以口耳相传。

我知道，自己接下来，不会为明天的牛奶而焦虑万分了。因为，我已经收获了一份沉甸甸的爱，这份爱，经久不息，承接着生命的赛道，绕梁三日而不会绝。

把每天的游戏玩到最精彩

他出生在一个富商家庭，从小丰衣足食，无所事事，可以称得上是纨绔膏粱。生母的娇生惯养让他的童年一帆风顺，在学校里，他带领一帮小混混们殴打学长，在生活中，他成了小混混们的领袖，经常骑着名贵的单车，让青春放荡不羁在原野上。

自从家中有电脑后，他拼命地爱上了各式各样的游戏，而这一点，正是生父所不能容忍的，生父觉得他的母亲毁了他。因此，在做生意之余，开始关注他的学习，他命令他从此后不准涉入游戏，否则，便打断他的腿。

但他叛逆的心理极强，在家庭中不允许，他便趁着下课之余，疯狂地在游戏厅中释放自己苦闷的心情。他曾经连续三天三夜不合眼，直到他知道生母有病的消息时，才罢手。

生母有病去世，父亲为他选择了一个继母，他猜测自己锦衣玉食的生活马上就会结束。因此，他选择了不配合，在家中，他对她冷漠，尽管她选择了关怀备至。

是在游戏厅中，父亲与继母逮了他个正着，父亲想给他一巴掌，却被继母拦住了，在她的调停下，他竟然与父亲打赌，他可以制作游戏，并且保证这种游戏可以取得极大的卖点。

父亲骂他不可一世，拖着他的身体，像拖死狗一样将他锁在房间里，不准他外出。

是继母，改变了他的人生轨迹，她说服了父亲，让他可以接触游戏，但她提出了一个要求：把每天的游戏玩到最精彩。她为他制定了分阶段的要求：一个月时间，制作一款游戏雏形；半年时间，使这种游戏在网上得到响应；一年时间，使游戏点击量超过10万，等等。

这正好符合他的胃口，他甚至有些感激继母的大度，而接下来，他每天徜徉在游戏的海洋里，由于有任务，不敢过多地涉足于贪恋，除了玩耍外，更多的时间便是与玩伴们一起攻克难关，制作一款自认为天下无敌的游戏。

每天深夜时分，继母像个老师一样，检查他当天所取得的成绩。每每表现不足时，她总是以哀叹声来表达不满，不当面批评，更不会跑到父亲那儿告他的黑状。这简直成了一种鞭策与激励，如果当天不取得进展，他就会感到丢了魂一样地难受，他总会废寝忘食地加班加点。

困难接踵而至，在游戏制作到关键时刻，他的玩伴，一位重要的软件制作人员，不幸患了重病，这无异于晴天霹雳，按照自己的实力，无论如何也无法如期在年底完成这款游戏的制作任务。

他为此哭泣过、放弃过，但继母每晚的检查成了一种动力，让他不敢懈怠。她只是例行公事般地走到他的电脑面前，煞有介事地听他介绍今天的成绩，当他讲到玩伴的突然生病时，她拍拍他的肩膀说道：没事的，明天是晴天。

2004年底，一款叫《祖玛》的游戏在网上推出，几乎在一夜之间，风靡全球，一周的点击量居然超过了100万人次，下载的次数也达到50万次之多，创造了美国游戏史上之最。

一时间，大家记住了一个叫大维的大男孩，他所成立的Popcap游戏公司也一举成名，半年时间，便名列全球游戏排行榜的首位。

许多人认为大维的成功来源于侥幸：偶然事件中，出现了一个偶然的人，创造了一点偶然的成绩罢了。6 年时间，大维的公司销声匿迹，再也没有创造出一款耳熟能详的游戏软件，媒体当初的评价也算是铁证如山。

大维却用了 6 年的时间蛰机待伏。2010 年，一款叫《植物大战僵尸》的游戏软件横空出世：游戏界的一场革命，不可思议的游戏，大人小孩都喜欢的搭配。一系列好评如潮，这个叫大维的年轻人，以又一次飞跃重新站在了风口浪尖上，这一次，他成了名副其实的英雄。

不玩则已，玩了便要把每天的游戏玩到最精彩；不要沉浸在游戏的快乐中，要有对游戏研究的狂热。这便是他成功的秘诀。

人生也是如此，每天都在游戏，但如何将每天的生活过到最精彩，却是一门必修的课程。

贪婪的孩子

十年前，我在西湖边游玩，见到了一个摆地摊卖音乐用品的孩子。他衣着寒酸，身体佝偻，脸上尽是污泥。我钟爱音乐，便不由得停下了脚步驻足。

没有想到，看起来老实的孩子竟然口齿伶俐地冲上前来介绍产品的好处，他的介绍力度吓到了我，可以说是口若悬河，将产品的好处说得天花乱坠。

不过是卖假货的小贩而已，我扔下产品便想走，孩子却追上了我，说可以打折，我随口问打多少？他说五折，我疲于应付。

在推搡过程中，一把小提琴不幸摔在地上，瞬间七零八落，我感觉惹了祸，心中想着赶紧一走了事。

孩子哭了起来，哭得动静挺大，我成了冤大头，因为小提琴刚才明明是从他的手中脱落的。

接下来，商量包赔事宜，果不其然，他要了天价，我一个文弱书生，与他有理说不清，好歹纠缠终止，我赔了五百多元才算罢休。

当时，我真有一种想冲上前去，破罐破摔的冲动，但我忍住了。我只是笑这个孩子的贪婪，这么小的孩子，如何可以长大成人。

这件事情很快成为过眼烟云。十年之后的郑州，我背着大包小包，从火车站下车，疲于奔命。

没有想到，在新建的地铁站口，竟然遇到了十年前的那个孩子，之所以我认准了他，是因为他的声音，十年光阴，一点儿没有改变他的吆喝音质。

他在发传单，他现在是一家音乐公司的掌门人，我从他的手中接过了传单，才知道，他们在某宾馆进行演出，由于等车，我与他打了招呼。原来的仇恨早已经烟消云散了，我不可能再追究十年前的旧事，他认出了我：大叔，是你呀，晚上去看演出吧，报我的名字，打折。

寒暄了几句后，便将传单塞进了包里，到家吃完晚饭，与妻子到外面散步，在拐弯处，看到了他们演出的宾馆，原来离他这么近。他在门口招呼着熙熙攘攘的人群，收着门票，计算着收入，同时接听着电话，往往忙得应接不暇。

他们的演出还算成功，快结束时，他兴奋地上台介绍自己的身世：音乐世家，从小便唱过戏，演出武生，10 年前，在杭州西湖边小有名气。我正想离开，没有想到，他认准了我，向大家介绍道：这位大叔，10 年前就认得我，在杭州看过我的演出。

我欲哭无泪，尴尬之情溢于言表，我被他利用了，还要乖巧地站在台上替他圆场，妻子兴奋得不得了，认为我露了脸。

演出结束后，他拉了我，要吃饭，我百般推辞，正准备去餐厅时，他的手机一直响个不停，因为他要计算明天演出的相关费用，我终于要走了，他说道：大叔，每天忙，为了门票要与他们协商，价格便宜了不行，每天除了相关支出外，所剩无几，这便是生活呀?

我不知道如何回答他的话，其实，在内心深处，我很想这样告诉他：知足与贪婪是一对截然相反的兄弟，从小种下了一枚叫钱的种子后，贪婪便成了空气、雨露和阳光，滋生的必将是一个奴隶般的温床。

请二百名流浪汉赴宴

美国亚特兰大市，福勒夫妇为自己的女儿筹备婚礼，他们在克莉丝汀别墅酒店订下豪华的宴席。他们就这么一个宝贝女儿，自然对她疼爱有加，加上女婿是政界名流，届时会有大批媒体记者光临现场，自然不可小觑。

但就在婚姻前 40 天，女儿的婚礼日期却出现了变动，他们的婚礼必须临时取消。而福勒夫妇已经为这场婚礼支付了昂贵的资金，如果取消宴席，将会遭受巨大的损失，况且媒体记者们已经收到了请帖，这样一场浩大且影响力颇深的婚礼如果取消，将会对他的名誉及财富形成极大的挑战。

怎么办？形势危急。福勒晚饭后去散步，看到亚特兰大街头有无数流浪汉，他们选择了沿街乞讨。

福勒眉头一皱、计上心来。

他找到了一种既可以不浪费损失，又可以应付媒体的方式来。

婚礼当天，二百多名流浪汉手持请帖拥入了克莉丝汀别墅酒店，福勒夫妇宣布了女儿与女婿们的临时决定：由于政治任务，而将今晚的婚宴改为慈善晚宴。

媒体记者们在吃惊之余，对现场进行了图文并茂的报道，其间：福勒夫妇手持高脚杯，与流浪汉们热情地碰杯，他们吃得十分开心，称赞他们夫妇是有爱心的人，心中有爱的人，一定会赢得全世界的尊重。

福勒进行了发言：

感谢大家的厚爱，大家一定会觉得奇怪，本来是婚礼，却成了慈善盛宴。我要告诉大家：我的女儿与女婿是要给大家一个惊喜，这样别致的幸福的礼物，恐怕是全世界独一无二的设想了，虽然他们没有到场，但他们已经送来了祝福。我已经从这样的慈善中收获了太多的享受与爱，相信我们吧，以后会有更多的慈善专场，也会有更多的人加入进来，希望大家吃得开心。

有一个名叫可里的流浪汉，喝多了酒，即兴舞蹈起来，他还高兴地握着话筒发言：

感谢福勒夫妇，他们是好人，感谢他们。

这儿成了流浪汉的天堂，他们酒足饭饱后，在舞台上唱歌跳舞，将整个晚宴推向了高潮。

福勒夫妇俩将这场宴会命名为“首届福勒家族爱的庆典”。

这场宴会举办得十分成功，众人不但没有扫兴，而且收获良多：媒体记者们收获了头版头条，他们的报纸明天会畅销，一些友人们头一次有了和流浪汉共进晚宴的机会，他们领略了另外一番风采，觉得趣味十足。

请二百名流浪汉赴宴，福勒用一个良好的创意，不仅挽救了巨额损失，同时也收获了良好的口碑与名声，可以说是一个两全其美的事情。

有时候，尴尬时刻缺少的正是一种绝境逢生的智慧和蜻蜓点水的创意。

每一个绝境，却有可能柳暗花明。

有一种爱，叫时空转换

17岁的门罗，天生爱运动与写作，在渥太华的乡下，他们家拥有一大片原始森林，环境静寂，岁月安详，她每天便坐在晨光里写自己梦想的文章。

林子里有鸟叫，更有新鲜的空气，僻静悠扬，这样的环境最适合唯美主义者大展宏图了。她决心在半年的时间里完成自己的第一部小说集，她为自己的作品起了一个好听的名字《快乐影子之舞》。

写作的过程并非全是快乐，思维枯竭之时，她愤怒地敲打着一棵老树，一大群鸟儿被主人莫名的尖叫吓坏了，一阵共鸣后，全世界鸟语花香。

有锯木的狂嚣声传来，他们家邀请的一个小木匠，在自己的不远处落了脚。小木匠是父亲请来的，他的任务是将附近的树锯倒，做一些家具，这其中，包括门罗的书柜、衣柜和一张床。

噪声不断传来，惊扰了门罗的思路，她有好几次无奈地搁笔，看着远方的风景发呆，直到锯木声再次传来时，她才愤怒地站起身来，她决心给小木匠一个教训。

她与小木匠发生了争吵，理由是她不准小木匠发出任何声响，否则，会影响她的文学创作。

十分现实的父亲站在了小木匠这一边，他告诫门罗：不要太理想化了，你的任务是学习，不全是创作。

门罗将自己写作的地点挪到了原始森林里，那儿深林高木，落叶无尽，天然的地毯，更有助于自己的发挥。

作品完成了10余篇时，她一时兴致来临，便误入森林里，她忘了父亲的谆谆告诫，一直走到天黑时，才感觉自己迷了路。

时空陡然转换，她仿佛穿越了无穷无尽的时间长廊，这儿是什么地方，无法记起，只是仿佛置身于另外一个世界，自己成了故事的主人公，在寻找心爱的白马王子。

门罗在外面待了一天一夜，开始是兴奋，后来是饥饿与恐惧，她燃起了篝火，远方却传来了不明动物的吼叫声。

后半夜时分，小木匠发现了她，原来，小木匠一直在关心着她的行踪，在做工作之余，他总会爬到树上，关注她的动态，直到发现她失踪后，他才忙不迭地去寻找他。

在原始森林里，她的思想受到了惊吓，各种各样奇怪的想法让她欲罢不能，但这次意外的失踪事件，却对她的文学创作影响深远，时空转换的手法在她日后的作品中层出不穷，在一次事件的叙述过程中，会出现多层次的时光交错与光怪陆离，让人产生无尽的遐想。

这个叫门罗的女生，不仅俘获了小木匠对自己一辈子的爱情，同时，在文学事业上也取得了骄人的成就。

她创作的《快乐影子之舞》、《我认为你是谁?》、《爱的进程》、《公开的秘密》等10余部短篇小说集脍炙人口，被译为13种语言文字传遍全球，受到媒体与记者的高度关注，她被欧美媒体尊称为“当代最伟大的短篇小说家”。

2013年10月10日，诺贝尔文学奖揭晓，加拿大作家爱丽丝·门罗获此殊荣，瑞典学院称她为“当代短篇小说大师”，并称“门罗以精致的讲故事方式著称，清晰与心理现实主义是其写作特色”。

如果没有当年的走失，就不会产生奇怪的错觉，更不会将时空转换的手法发挥到淋漓尽致，就不可能塑造出一位划时代的文学巨匠，也不会赢得一辈子白头到老的爱情。

这世上有一种爱，叫时空转换。

只有一种菜的土鸡宾馆

约克是一名农场主，他经营着一家简易的小农场，与妻子这些年惨淡经营，靠喂鸡起家，他将自家的庭院进行了翻新，准备盖一家小型的宾馆，并且以农家菜为主。

但他们的生意却出奇地差，在伦敦郊区，有无数家这样的宾馆，他们纷纷推出了农家菜系，花式多样，并且以价格高昂而取信于宾客。

一个建筑商人偶然住他家的宾馆，对他家的鸡窝造型十分感兴趣，还对他制作的鸡肉饼干大加赞赏，认为这是一个天赐的商机。

“如果是我，我肯定将每间房子建成鸡窝的形状，打造以鸡为主的菜系，吸引顾客，别小看一只鸡，它可以制作出无数种美味佳肴。”

商人的提醒让约克大受鼓舞，他经过认真地思索后，与妻子决定建一家独一无二的土鸡宾馆。

三个月时间的整修后，鸡窝造型的房间建筑成功。

不仅如此，只有一种以土鸡为主的菜系，其他的菜概不出售，炖土鸡、烧鸡心、煮鸡肺、鸡心饼干、鸡蛋面条，原来鸡的浑身都是宝。

如果你是顾客，准会被他们的广告吸引前往：全球唯一一家土鸡造型的宾馆，本店只售鸡肉。

广告十分朴素，却由于独特而风靡半个英伦。

住在鸡窝造型的房间里，像一只鸡，饱经风霜的鸡，舒适地沉沉睡去。

吃着以鸡为主的菜，别有一番风味，加上厨师有十几年的烹饪基础，将原汁原味的鸡肉呈现在众人面前，大快朵颐。

当然，有些地方需要改良，比如说菜的丰盛程度需要添加，约克专门聘请了一位高厨，平日里专业化地研究鸡的各式菜肴。

还有，比如有时候会出现供不应求的局面，如何安置过多的顾客也是个难题，有些人千里而来，冲的就是这种风趣。因此，一段时间以后，约克增加了人手，并且租用了邻家的房子应急。

但任何事情，物极必反，保持着一种度十分重要，约克决不轻易扩张，也许只有这种供不应求的趋势，才会吸引顾客如云。

只有一种菜的土鸡宾馆，听起来匪夷所思，光想没用，只是停留在面上的工程，但只要做了，便会取得意想不到的收获，所以说，想到就要做到。

用土壤做菜

日本东京市郊区，盛产甜土壤，据说这儿的土壤里面有糖的成分，有些好奇的游客用来冲水喝，好像味道甜美。

田边敏夫与妻子世代居住于此地，他们开着一家小型餐馆，生意尚可。日本受到核辐射威胁后，许多人选择在家中就餐，饭店生意冷清不少。

他们苦于没有良好的收入，便想着将餐馆的生意停掉，举家前往欧洲。

妻子宫田说道："这么好的餐馆，空在这儿，真是可惜。"

田边敏夫回答她："现在生意不好做，宁缺毋滥吧。"

茶余饭后，二人到郊区散步，甜土壤思想突然袭击了他们的脑海，能否在甜土壤上下一番功夫，兴许可以收到意想不到的收获。

据有关专家监测：甜土壤有食用价值。

但在东京，目前没有一家在甜土壤上做文章的服务业。

田边敏夫在距离地面 16 公里的地方，取走了一些土壤，并且进行了检测，发现除了铅含量超标，以及有轻微的污染物外，其他尽是营养成分。他喜出望外，将新挖掘的土壤用小火烹煮，以去除表面的土腥味，他试着用这种处理过的土壤进行烹饪，做出的几道菜口感奇佳，味道清新、美味，不可多得的人间佳肴。

这样的消息不胫而走，顾客盈门，许多人慕名而来，只是为了品尝甜土壤的滋味。

田边敏夫夫妇利用人人瞧不起的土壤为底料，烹出了一道道菜肴，不仅许多本地的百姓前来品尝，那些从外国来的游客更是络绎不绝，不到一个月时间，他们不得不扩大门面，在东京开了四家分店。

土壤也可以做菜，这世上有想不到的事情，没有做不到的事情，看来，契机和智慧只送给那些有准备的人。

经一事，长一福

夜看曾国藩传记，才知道这位名扬四海的统帅，竟然经历过诸多磨难：

十年征衣，几度自杀未果，这对于一个马革裹尸的统帅来讲，简直是不可思议的事情：一次是在靖港之役，这是曾氏出师不久，湘军训练不足的结果。原本颇有大志的他，目睹湘军惨败，欲投水自杀，被人阻止；一次是在湖口一役，曾氏坐镇指挥湘军水师，被罗大纲偷袭，座船都被太平军夺去，情势十分恶劣，不得已跳进了冰冷的江水，幸被部下救起；还有一次就是在祁门困守之时，料知不能免于死，立下遗嘱，准备随时自杀，好在当时围困祁门的李秀成自行撤退，才又躲过了一场劫难。

所以说，每个人的一生，难免经历困厄，救苦救难，不仅仅针对别人，有时候，你最该救的反而是自己。

曾国藩是幸运的，他能够洁身自好，名垂千古，绝对是一件意料之中的事情，不仅仅是他伟大的人格魅力，更是他的性格与特立独行，他那种不浮沉、不敷衍，在污泥河水中依然保持尊严的真性情。

邻家一老者，中途丧偶，儿子不孝，独自一个人凄苦生活，写了几封遗书，前几次是因为发现及时，最后一次，下了决心，进入天堂，在最后一刻，竟然发现了自己年轻时候写给老伴的情书。这种爱，竟然救了他，原来想死的心，瞬间消失了。

你可以平平安安地度过每一天，就已经是一种福气了，你大可不必因为昨天迟暮的夕阳，而错过今天的朝霞，生活仍然要继续，苦一点不一定是坏事，哪个人不是在一日三餐、柴米油盐中慢慢老去？你永远要宽恕众生，哪怕他无数次地伤害过你。

所谓不经一事，不长一智。经一事，无论是坦途抑或逆境，坦途是幸运，逆境也不只是倒霉，下雨是常事，秋风四起、冬雷阵阵本是季节的轮回概念，你不能因为害怕寒冷而拒绝冰雪，更不可能因为向往春天而永远春花秋月。

你如果身在困难中，或许这是一种飞黄腾达的前兆；

你如果好事近，也不可沾沾自喜，生活本是悲喜交加组成的混合物。

这世上本没有随随便便的给予与爱，上天赐予你一段磨难，在前方，一定会有一段金玉良缘相伴。事情分好事与坏事，好事是盼望，坏事也不可抱怨，无论是好事还是坏事，无论是遇到好人还是坏人，都是你人生路途中不可或缺的风景，佛说万事皆空，就是这个道理。不是不做事，不是躲事，躲是躲不过的，就是让你放下一切，只留下空空如也的心灵。

一事，一福，一智，一爱，因果循环，一株菩提树，长在人生的边上。

台下没有一个人

杰克是个残疾的孩子，在一次意外的车祸中，他失去了左臂，本来内向的他，生活更是雪上加霜，自卑、不善言辞成了他的通病，他甚至早早辍了学，将自己少年的舞台梦想埋藏在心灵深处。

其实杰克喜欢表演，曾经信誓旦旦地想当一名演员，在未曾出事之前，他是学校少年话剧班的成员，许多老师惊异于他良好的天赋。

查尔斯老师走访了他的家，他的母亲对他疼爱有加，与老师一起鼓励他重新站在舞台上面。

杰克勉强答应了，当天傍晚，简易的舞台下面，杰克未曾上台，便大哭起来，接着全身出现了抽搐现象。

校医闻讯而来，经过检查后发现：杰克得了严重的自闭症。

无异于晴天霹雳，杰克的母亲痛不欲生。

杰克不得不到医院接受治疗，除了昂贵的医药费外，他每天都在恐慌与无奈中度过。

母亲需要去打工，以养家糊口。杰克喜欢一个人独坐，一坐便是一天时间。杰克每逢独坐时，便起来翩翩起舞，虽然失去了左臂，但他有良好的天分，加上有表演方面的基础，惟妙惟肖的表演，惹得树上的鸟儿也禁不住驻足欣赏。

一次，母亲中午回家时，意外地发现了这则信息，他喜出望外，但没有敢打扰他，而是将喜讯告诉了查尔斯老师。

查尔斯老师觉得这是个好的兆头，他利用业余时间，频繁接触少年杰克，两个人的交流多了起来，直到半年时间以后，杰克敢在查尔斯面前展露自己的才华。

查尔斯租用了学校的礼堂，每周六的晚上，便成了杰克的专场。帷幕拉上了，偌大的舞台上面，只有杰克与查尔斯两个人，杰克模仿着电影中的各种声音，还煞有介事地演唱几首好听的歌曲，查尔斯总是认真地鼓掌，指点迷津。

年末的晚会节目单上，大家发现了一个惊人的消息：杰克重出江湖了，他将表演自己的拿手话剧。

杰克刚刚得知消息后，不敢上台。学校的礼堂内，帷幕依然拉上了，查尔斯告诉杰克：台下没有一个人，依然是你的专场。

杰克像吃了定心丸，他认真地演出这出独幕剧，在剧中，他饰演了不同的角色：一个乞丐行乞，一只小狗与人的对话，一朵花儿怒放时的表情。

杰克入了戏，仿佛自己成了主人公，他饱含着热泪将整幕剧演完。

刹那间，台下响起了雷鸣般的掌声，帷幕拉开了，台下座无虚席，所有的观众们屏气凝神静听，他们在查尔斯老师的导演下，以鸦雀无声的姿态支持了杰克两个小时的时间。

这是一幕多么感人的场面呀？当杰克得知实情时，与查尔斯先生激动地拥抱，与母亲，还有同学们逐个拥抱，杰克重新找回了那个真实的自己。

台下没有一个人，孩子，你不必紧张，相信自己，路就在前方。

你要十双袜子，我送你一双鞋子

意大利著名的袜子生产品牌 Trasparenze 风靡全球，特别是为少女生产的丝袜，更是质量上乘，是许多国家女孩们的首选。公司的总裁兼首席设计师是卡恩先生，多年以来，他致力于对品牌丝袜的研究，他提出的口号是：用生命制作袜子。

1987 年，卡恩先生还是一位服装厂的操作工人，他所在流水线主要生产各种各样的袜子，他天资聪颖，勤奋且爱动手，经常背着领导不知道改变生产工艺，以图获得质量更优的产品。

经理图门先生发现了端倪，尤其是近期出现了几次致命的质量问题，许多客户退货，说服装厂私自改变了生产工艺，卡恩先生被勒令辞职。

卡恩写了检查信，以图获得一次重新就业的机会，但却屡次投报无门，他面临失业的风险，而他的家中，他是唯一的经济来源。

卡恩几度思索后，决定自立门户：他熟悉袜子的生产工艺，只需要几台旧设备，便可以成立一个简单的袜子工厂。

那是个冒险的时代，只要敢于尝试，就可以赚个盆满钵盈。

五年时间，他的袜子销量大增。

随着竞争的加剧，加上顾客对产品的挑剔，许多旧的服装厂出现了倒闭，卡恩的袜厂也惨淡经营，步履蹒跚。

1992年的意大利，出现了一次经济危机，许多工人失业，工厂倒闭停业，卡恩的工厂也到了崩溃的边缘。

必须在销售渠道上创新，否则，公司将不得不选择倒闭。

在一家袜子销售店里，一个选购袜子的女士抱怨道：“袜子颜色这么多，总不能每个都试试吧。”

听者有心，试袜子，袜子也需要与皮鞋搭配才好看，何不在促销上下功夫？

顾客再去购买袜子时，就会看到一双设计精巧的模具透明皮鞋，穿到脚上去，十分舒适，模拟了真实皮鞋的模样，结实耐用，而且你选购了十双袜子，这双模具透明皮鞋就归你所有了。

这则消息瞬间传遍了整个意大利，许多人觉得卡恩疯了，虽然是模具皮鞋，但要占去许多的生产成本。

一年多下来，卡恩的袜子厂却迎来了更好的效益，原来，模具皮鞋并没有多少成本，促销袜子的收入早已经超出了皮鞋的开支。

不仅如此，这种营销理念深入人心，趋于人性化，意大利人民乃至整个欧洲人民都感受到来自于一双袜子的温暖。模具透明皮鞋，在家中可以当便鞋，并且在试袜子的时候，可以甄别出袜子与鞋子的匹配程度，一目了然。

你要十双袜子，我送你一双鞋子。袜子与鞋子本身就是邻居，将它们合在一起做文章，想不成功都难。

邀请一名消防员做总经理

这是一家生产 EPS 的公司，公司管理业绩突出，成就非凡，占据着全美泡塑产品一半以上的销量。

EPS 又名可发性聚苯乙烯，是从石油中提炼出来的一种产品，广泛用于冰箱、冰柜和空调基座，最大的优势是抗震性能好，但最大的弊端是易燃烧，只要遇到明火，一点就着。

这家公司的总裁伯克先生在全社会公开招聘总经理，应聘者如云，高学历者无数，公司内外员工踊跃报名，一时间，这家公司名声在外。

但结局却令大家大跌眼镜，一位从消防局退休的老员工，竟然意外地获得了总经理一职。

大家纷纷猜测着：一定有关系，说不定从一开始就是一个骗局。

这个叫施德的老消防员，一辈子与火打交道，从未涉足过管理，且学历不高，这样一位总经理，是否可以胜任工作？值得商榷。

施德走马上任，先对安全工作突击检查，原来的预案不好，剔除掉重新建立。

消防死角、消防水管彻查，不到一个月，公司的消防工作焕然一新，几乎所有的死角均建立了警戒机制。

不仅如此，安全工作推广到了设备安全、人身安全。

一位在下班途中的员工，意外地出了交通事故。施德对这名员工进行了抚慰，并且要求公司配备班车。

一名员工在车间挤伤了腿，责任在于他，施德不批评责任人员，却对当事的管理者大肆批评。

半年时间，公司的安全机制建立并且创新。

由于安全做得好，公司安全趋于人性化，公司当年的业绩节节攀升。

公司总裁伯克先生于年底揭开了谜底：

我们的公司，最重要的工作不是管理，而是安全，我清查过相关记录，四年时间，我们公司着了四次大火，损失惨重，经济损失是次要的，人员伤亡才是刻骨铭心的。

安全是所有工作的基础，一个不重视安全工作的管理者，无法使公司可持续发展。因此，在众多的应聘者中，我选择了施德先生，他是老消防员，精于消防安全管理，他的成绩也是有目共睹的。

“漠视安全就是最大的负数。”这是施德先生的一句施政名言。只有将生命放在第一重要的位置上，才可以赢得员工的信任，并且使企业获得最大的附加值。

第二辑

有裂痕，人生才能入味

枝丫间的缝隙是树的裂痕，云朵是天空的裂痕，庭院是村庄的裂痕，恨是爱的裂痕，磨难是人生的裂痕。春风是个调皮鬼，喜欢通过裂痕感染每个人，没有磨难的春天不叫春天，没有挣扎过的四季，如何春风风人，如何夏雨雨人？

将厕所卖给世界

英国有名的自动厕所生产公司CLL公司，公司占据着世界几乎一半左右的自动化厕所销量，他们设计的厕所趋于人性化，在2013年英国年度创意大赛评选中，CLL公司以“酒吧厕所”的创意一举夺得年度创意大赛的金奖。

时间回溯到20世纪80年代，CLL公司当时规模较小，在英国名不见经传，他们设计的自动厕所没有多少销量。

公司老板卡里斯先生一筹莫展，当时，英国的房地产十分兴盛，自动厕所前途似锦，可能是经营方法的问题。因此，卡里斯先生动用了庞大的销售力量去推销公司的产品，半年时间过后，销量依然一般。

卡里斯做好了最坏的打算，与其这样坚守着做赔本买卖，不如大规模裁员，以减少公司的成本支出。

决定还没有下达，他却意外收到一个小员工的来信，卡里斯看后大喜，他迅速地改变了销售策略。

半个月后，公司组建了设计部门，帮助每个家庭做专业化设计。厕所只是家庭的一部分，难道公司想要改变产品结构吗？

在众人疑惑的眼光中，公司打出了广告：公司有两个业务，一是销售自动化厕所，二是免费帮助每个家庭做专业化设计。

专业化设计，还是免费的，公司老板卡里斯面对着众多员工的质疑，固执己见。

许多人打来了电话，并不是冲着自动化厕所来的，而是冲着免费设计来的。公司的开支巨大，高额的设计人员工资，免费的房地产设计，免费的家庭创意。许多人上门，排着长龙，对这家原本生产自动化厕所的公司青睐有加。

设计人员倾其全力，包括室内的装修、厨房的构造都给出图纸及详细的说明，马上进入施工阶段，等到最后，却意外地发现厕所的设计别具风格，必须安装 CLL 的自动化厕所，才可以彰显其美观性。

结局浮出水面，公司养了一些设计人员，目标竟然是为了卖厕所。

不光如此，许多家庭或者房地产公司，感恩于 CLL 的良好态度，竟相购置他们的自动化厕所产品，一时间，风起云涌，厕所卖向了全英、全欧洲，乃至整个世界。

CLL 公司，坚守着创业时的底线，直到现在，依然坚持着免费帮助所有家庭做设计的理念，并且，他们的设计公司是全世界一流的，绝不输给专业化的公司。

而当初那个向卡里斯提出建议的小员工，如今已经成为公司的总裁，他的名字叫伊恩。他接管后，对公司管理提出了更多人性化的理念，许多报纸说：CLL 将厕所卖给了世界。

不需要广告的广告效应

日本东京地标性建筑东京塔，一幅雀巢咖啡的大型广告，在这儿矗立了三年时间。

雀巢咖啡是世界上三大咖啡生产企业之一，他们的咖啡质量好，远销世界各个地区。

日本雀巢分公司，总经理扎德先生一直为公司的业务费用过多而发愁，由于全球经济下滑，特别是日本受到了金融危机的影响，雀巢咖啡的销量受到了影响，公司总部要求降低业务费用。

扎德先生列出了所有的费用项目，广告费用是无论如何也不能省去的，其他的费用，比如说人员工资、销售成本等，已经压到了最低水平，如果降低工人工资，一定会适得其反。

傍晚时分，扎德先生一个人在东京塔附近散步，他看到了自己公司所做的广告——一座高 8 米的雀巢咖啡素描，这是他的杰作。三年前，雀巢咖啡进入日本时，他惨淡经营，白手起的家，时至今日，才有这样杰出的成绩。

一个少年，路过了扎德的身边，扎德先生问他："孩子，你知道雀巢咖啡吗?"

"知道呀，我们家天天喝。"少年回答道。

“你知道雀巢咖啡在日本什么地方做有广告吗?”扎德先生又问道。

“这个，倒不知道。”孩子笑着从他的眼前跑开了。

蓦地，一个大胆的想法掠过扎德的脑海：雀巢咖啡妇孺皆知，是否可以撤掉大部分广告，尤其是东京塔的广告，这样，可以省去一大笔的广告费用。

这个想法，在扎德的脑海里一直存在，他召集领导们商量此事，许多人表示反对：广告是企业赖以生存的基本手段，如果去掉广告，谁还会记住雀巢?

无奈之下，扎德先生只好飞往了雀巢总部瑞士日内瓦，他面见了总裁狄可为先生，狄先生听完了他的汇报后，同意了他的这种做法，当时，扎德先生感到无比振奋。

如今，雀巢已经撤掉了在日本的大部分广告，但人们却没有忘记雀巢，相反地，由于广告的延续效应，许多人会在茶余饭后关心雀巢的发展。

不需要广告，也可以产生连锁的广告效应。

生意也要适可而止

法国波尔多是著名的红酒之乡，柏图斯酒庄坐落在波美侯地区，这儿极适合种植葡萄，酿制葡萄酒也是这儿的支柱型产业，全世界大约80%的葡萄酒均出自此地区。

法国葡萄酒，尤以名贵著称，其中柏图斯红酒独占鳌头，被称为全球第一贵，柏图斯红酒也被称为“酒王之王”。

但每年，只有1000瓶的柏图斯红酒在市场上销售，许多年以来，媒体、专家均认为柏图斯红酒是炒作出来的声誉，是柏图斯酒庄故意这样做的，有一些红酒商甚至认为这是一种欺诈行为。

2013年9月，柏图斯酒庄接待了一位来自非洲的记者，他来自于南非，他也是第一个被获准进入酒庄采访的记者。

柏图斯红酒每年限量生产的秘密才被大家所知晓：

柏图斯红酒原料来自于一种叫“基陈”的名贵葡萄，这种葡萄很难培养，且成长艰难，中途夭折者无数，不仅如此，“基陈”的成长会伤害土壤，它过分地吸食了土壤中的养分，从而使得用过的土壤成为一堆废土，而这些废弃的土壤，至少通过十年左右的时间才可以复原。

柏图斯红酒第一技术总裁伯恩先生认为：酿制红酒不能以牺牲赖以生存

的环境为代价。因此，在他的倡导下，柏图斯红酒每年只生产1000瓶，而这样做，正好为用过的土壤取得了可以复原的地域与时间。

南非记者这样写道：

其实，如果想发财，柏图斯酒庄可以以牺牲土壤为代价，它们可以疯狂地种植“基陈”葡萄，法国的法律中，并没有对破坏土壤的行为进行约束，他们大可以不顾一切地开发，从而使自己的老板与员工取得无数的资财，但是，它们没有这样做，在它们看来：地球是母亲，如果一个孩子，牺牲母亲的性命去取得花不尽的钱财，将是一种大罪。

钱并不是越多越好，有一种理念叫适可而止。

如果一种发展，靠牺牲环境与空气而非法取得，那么，这种生意绝对不会持久，总有一天，会被钉死在历史的耻辱柱上。

给大人办一所学校

迈克今年12岁，布鲁塞尔第一中学学生，他和自己的哥哥相依为命，哥哥叫塔克，18岁，由于家境贫寒，辍学在家，靠做些小生意维持迈克正常的学业。

塔克的生意不太理想，因为受到金融危机的影响，为了照顾弟弟，他后来索性在学校门口开了一家培训机构，专门对在校的学生进行业余培训或者教育，以收取微薄的薪金。

那天放学回家，迈克对哥哥说道："明天要开家长会了，老师要求每名同学必须有家长参加，还要发言。"

对于塔克来说，这是个难堪的重任，由于父母早逝，他每学期都会参加弟弟的家长会，他是与会者中最年轻的一位，且发言时不知轻重，总会惹得其他大人哈哈大笑，这一度给弟弟带来了负面影响，这也是塔克要踏足培训界的一个主要原因，他自幼胆小，必须通过锻炼才可能提高自己的胆识。

但无论如何，今年的这个家长会，他做足了准备工作。一直到深夜时分，他的房间里依然亮着灯，他在准备明天的发言稿，他想了许多切入点，不是观点陈旧，就是不能说明问题，直至天光将亮时，他才会心地笑了起来。

那天的家长会，塔克是最成熟的家长了，他的发言铿锵有力，目标直指现代孩子的弱点与培养的悲哀之处，博得了诸多的掌声鼓励，而其他许多家长们，有些是准备不充分，更多的是不知道如何教育与培养自己的孩子，更别说会有心得了。

塔克回去后，思忖再三，他灵光乍现，觉得应该对大人们进行培训，在全比利时乃至全欧，也没有一家针对大人的培训学校。

培训什么内容？当然与孩子息息相关，如何教育孩子？如何参加家长会？如何在孩子面前树立榜样？课程繁多，塔克用了半年时间，准备相关教材与教案。2013 年暑期，一所给大人办的学校开业了，培训时间在晚上或者双休日，不耽误他们的上班时间，所选择的内容琳琅满目，可以挑选，一时间，人山人海，那些平日里对孩子束手无策的家长们，在孩子面前手足无措的家长们纷纷报名。

塔克的培训学校，切入了一个教育的空白点，从一开始便赢得了良好的口碑，如果一个家长没有良好的教育思想与素质，如何可以让自己的孩子变得出类拔萃？这样的宣传口号成了吸金点，也成了塔克成功的要素。

手捧鲜花的老人

6号病房里新来了一位老妇人，得的是晚期癌。儿女们关怀备至，每天一大群人围着床与房间周围伺候着，朋友不少，亲戚们也是络绎不绝。

那天傍晚时分，我正好值夜班，在楼梯口，一个年近六旬的老人，包裹得严严实实的，手里捧着一簇鲜花，鲜艳欲滴，问我道："姑娘，帮我看下6号病房患者的家属是否在身边?"

我将他当成了不法分子，开始时没有理会，但他的目光告诉我他是善良的，我于心不忍，跑出去张望，回来告诉他："不巧，他的儿子在现场呢。"

他忙不迭地下楼去，背影孤独。

5分钟后，恰巧要去为6号病房的妇人换药，我听到了他们的谈话。

儿子对媳妇说道："我走后，照顾好妈，绝对不能让那个老家伙进来。"

媳妇回答："真是的，像防贼似的，那么老了，还有心思恋爱，咱妈这么大岁数了。"

话刚说完，儿子示意声音小点，老人醒了。

我听清楚了事情的原委，外面那个不敢露面的老人，一定在追求病床上的这位妇人，我感到可笑，但没有笑出来。

老人十分执着，每天过来探望，远远地站着，花每天更新，一束束怒放的生命。

那个傍晚，我出于好心，使了个招数将老人身边的儿子支下楼了，我招呼老人，他像个犯错的孩子似的，风风火火地险些跌倒。

我示意他："只有5分钟时间。"老人的儿子被我支到楼下取药去了，我守在电梯口，紧张地计算着电梯上下的时间，真想将电梯的电源掐断。

老人走后，妇人的精神十分好，但她缄默不言，床头的女儿小声问候她。

更多时间里，她昏迷不醒，女儿心疼地直掉眼泪，对儿子道："那大爷有什么不好，与妈交往二十年了，你们……"

儿子打断了他的话："他就是冲着咱妈的钱来的，省省心吧，再来，打断他的腿。"

我的心咯噔一下，忽然想起了那晚在楼梯口，老人的自言自语："想照顾她一辈子，年轻时没机会，老了，更没机会。"

冲着这句话，我知道老人不是冲钱来的，我忽然间心如刀割。

老人每晚必来，我成了他的信使，而每次，我总是让老人成行，有一次，我看到了老人泪流满面，两双大手紧紧握在一起。

对于放在床前的鲜花，儿子心怀芥蒂，他追问过我："为什么每次我走后，有人送花来？"

我没好气地回答他："老人家人缘好呗。"

那个深夜，我值班，妇人病重，手不停地抓搔着，儿女们在身旁不停地啜泣，看着空荡荡的床，我泪如雨下。

老人来了最后一次，我告诉了他结果，他最后一次摸了摸妇人睡过的床，将花规规矩矩地放在床前，几十束花，有枯萎的，有快要凋谢的，刹那芳华成了永恒。

再见老人时，已是白雪皑皑的冬日了，他一脸皱纹，老态龙钟，我叫了他，他回过头来，一脸木讷地朝我笑笑，转身消失于苍茫人海里。

我好想告诉妇人的儿女们：相信爱情吧，它可以创造任何奇迹……

学会拒绝

初入职场，如初生牛犊不怕虎，也曾经信誓旦旦，更甚至一丝不苟，但时间不长，新鲜劲过去了，便回到了最初的原始状态，平淡如水的职场罢了。

碰壁是难免的，下属服从上司自然而然。

上司是个老江湖，说话走路风度翩翩，有一次因为工作上的事情，我与他争得面红耳赤的，没有想到，竟然给我穿起了小鞋：报销票据，因为差旅费事宜，他纠缠不休；安排工作，我与同事小李分头出差，我却被安排到了偏远的地区，每天的伙食费少不说，而且辗转千里之遥。

半夜里与小李 QQ 聊天，他安慰我："他是领导，你要学会顺从他，唯唯诺诺才是职场的常态。"

我学会了坚忍，不到半年时间，我便学会了油腔滑调、移花接木，有时候会将事情说得无中生有，更有甚者，我与上司一唱一和，报喜不报忧，惹得总经理经常哈哈大笑。

上司宴请我与小李，酒桌上大放厥词，说我们干得不错，"看我的脸色行事”成了他的口头禅。

公司的效益并不好，源于传统的管理模式，公司总经理下定决心进行整改，裁掉了一大批不合适的领导，上司竟然身列其中。尽管他在总经理面前耍起了狡猾，但聪慧的老总依然坚持自己的决定，而我则代替上司成了计划部的经理。

老总调研摸底情况，我依然坚持老调，不敢吐露症结所在。

我说得正欢时，总经理突然站起身来，茶杯重重地摔在地上，怒目而视着我：“你这么年轻，怎么学了这么多江湖习气？我让你发表意见，是想听到不同的声音，你却处处随着我。”

学会拒绝，而不是静听，这是我听到的发人深省的一句职场名言。

半年时间，我彻头彻尾地改变了原来的工作思路，而公司的效益也蒸蒸日上，甚至将产品出口到了美国。

看来，职场中，对于上司，不能一味地顺从，对于下属，不能一味地指点江山，每个人都有自己的观点，能够将不同的声音汇总起来，变成决策的领导，才是好领导。

奖励，送给你的父母

为鼓舞员工创造业绩，扎克伯格从创业伊始，便十分注重绩效的管理。高层制定了严格的奖励机制，对有业绩的员工不打任何折扣地进行奖励，有些员工，在年末的时候，甚至可以领到高达百万美元的奖金。

这样的奖励固然可贵，但脸谱公司内部，形成了一种无形的气氛——大家注重金钱，钱仿佛成了主角，情感缺少了，如一潭死水。

一个不讲情感的公司，绝不是可持续发展的公司；

一个唯利是图的公司，绝不可能在行业中独占鳌头。

扎克伯格决心改变这种现状，他利用内部会议与培训的机会，向全体员工灌输情感营养，希望大家注重沟通，并且关爱你的家人。

美国的现状是：离婚率居高不下，儿女对父母的关注程度偏少，许多老人成了孤寡。

扎克伯格曾经去看望过一名员工的母亲，他一个人住在一套豪华别墅里。回到公司后，他将那名员工叫到了办公室，那名员工刚刚立了大功劳，本来以为总裁会褒奖他，没有想到，扎克伯格却十分气愤地要求他每周去看望一次自己的母亲。

不仅如此，年末的奖励方式也花样翻新，原来对本人的奖励，统一换成了父母的必需用品，比如说健身器材、营养品，等等。

年末的娱乐晚会上，获得奖励的所有员工，都带来了自己的父母亲，整场晚会别出心裁，变成了一场孝子宴会，那种渐行渐远的亲情，忽而回到了脸谱公司内部。

亲情是世界的根基，也是任何情感的基础，扎克伯格利用这种方式，使得情感重新回归到脸谱内部。

如今，在脸谱公司里，情感才是主流，制度与情感本来就不是矛盾的主体，二者也可以合二为一。

一个人的城市

1980年的美国洛杉矶，有一个叫萨蒙斯的美国公民，他所住的位置正好处于都市的中心位置，每日里不能停止的噪声让他感觉异常烦躁，他为此患上了严重的疾病，过着水深火热的生活。

他与自己的妻子商量，想远离尘世，找一块世外桃源去生活，这得到了妻子的同意。他们来到了美国的怀俄明州，他们发现了一个叫比福德的荒凉山区，周围全是从山中伸展出的树枝，风景这边独好。

他们依靠自己的双手来建设家园，首先盖了房子，建了几栋别墅，养了马、猫和狗，虽然历尽艰辛，但家园建好后，他们却能够享受这种独特的慢节奏的快乐生活，一段时间以后，萨蒙斯的病有所缓解，他们喜出望外，更加坚定了远离都市的决心。为此，他们加大了对比福德的投资力度，先后盖了许多栋房子，其中一些设成了超市，供来往旅游的人购置商品，其中一些盖成了旅馆，供讨厌都市生活的人居住，他们的房子收费廉价，很快吸引了许多游客来访。

1995年，萨蒙斯的妻子去世，这座小镇成了萨蒙斯一个人的家。他加倍热爱这块地域，每天辛勤地打扫着街道上的卫生，种植花草树木，并且为它们盖好各式各样的防护网，他捡拾街道上的垃圾物品，乐此不疲地宣传热爱土地、热爱环境的信念，遇到不礼貌的来客，他会大发脾气地将他们赶出自己的领地。

2000年的《英国时报》对比福德做了宣传，萨蒙斯站在一块标志牌下面，牌子上面写有“比福德”、“人口1”、“海拔8000英尺”的字样。现年已经60岁的萨蒙斯告诉世界：虽然小镇上只有自己一人，但他并不感到孤单。

美国政府于2011年初将比福德列为一座城市，它归属于怀俄明州，萨蒙斯是市长、市民、议员还有议会的领导。萨蒙斯拒绝了许多人提出的移居此地的邀请，他孤独地坚守着都市的最后一片净土，他告诉记者：除非有一天，这个世界异常安宁，不再有噪声与战争，他会允许大家住在这个地方。

不过，这一天恐怕永远也无法到来。

做下好事，留下姓名

1950年3月，瑞士小镇威斯帕中学，一场募捐活动声势浩大地进行，捐款的对象是小镇上的苦难学生，学校号召全中学的有爱心的人士伸出伟大援助之手，帮助他们有学上、有饭吃。

有一个捐款箱，放在操场的前方，许多老师和学生走过时，将自己的捐款投进捐款箱里。本来有一位老师在登记捐款者的姓名，可是由于人太多，加上许多人不愿意留下姓名，所以有许多捐款者并未被登记在册，这也为接下来的名单公布带来了困难。

按照瑞士法规，所有捐助者的姓名需要进行公示，除非本人事先声明，这件事情难为了学校的登记老师，虽然她努力回忆，但还是有至少一半的捐款者未能标清楚具体金额。

到了规定的公布日期，登记老师仍然未能将名单列示详尽，她去请示校长，校长哈哈大笑起来：无所谓的，许多人低调得很，有多少列示多少吧，我想大家不会为此事纠缠不休的，有爱心的人从来不计较这些小事。

名单公示出来的第二天上午，学校教务处便挤满了学生，为首的一个学生叫布拉特，他带领全班未被登记在册的同学前来请求给予公示准确的捐款金额。

登记老师不知所措，虽然她几经解释，包括说出了校长的心声，但布拉特仍然不依不饶，他的意见是：公示出我们的名字和捐款金额，这是我们荣誉的体现，希望校方能够重视每个人的尊严。

面对这个只有16岁的中学生，校长也出面解释了半天时间，所有的学生们都退去了，唯有这个难缠的布拉特依然纠缠不休，他要求将事情查清楚，并给予澄清。

校长答应了他的要求，因为他不想因为这件事情影响自己的光辉前程。

这件事情至少花费了将近半个月的时间，在布拉特的协助下，登记老师重新问询了所有的捐款老师和同学，中间过程十分复杂，金额对不上，有的学生在说谎，直至重复了多次后，这份新的捐款名单重新张贴在光荣榜上。

大家看过后，发现布拉特的捐款金额是最多的，高达300瑞士法郎，一时间，舆论哗然，大家纷纷传扬：布拉特是想张扬自己，是想留下好名声。

在一周之后的学校演讲会上，这名16岁的中学生演讲的题目叫作《做下好事，留下姓名》。在演讲中，他这样讲道：做下好事，留下姓名，不是为了显示自己的伟大，而是为了让对方记住帮助是相互的，爱是一双手到一双手的温度传染；更是为了给别人一个比较和平衡的机会，让好人好事之风迅速传遍整个校园和社会。

这个叫布拉特的家伙声名鹊起，迅速成了学生的偶像，并且当选为学生会的主席。

他的仕途之路由此打开，2007年，他当选为国际足联主席，2011年，他成功连任，这一切，源于他有良好的能力和口碑，国际足联的官员们十分喜欢他的做事风格：随和不失原则，鼓励却没有放任。

有时候，做下好事，留下姓名，不仅鼓励了别人，更成全了自己。

开往春天的跑车

杰西一直为父亲的善良所苦恼：三年前，自家还拥有一辆十成新的跑车，这是杰西年少时的梦想，可是那天下午，一个刚从监狱里出来的人，病倒在杰西家的庭院前面，当时，他的怀里揣着一封信。

那个男人叫海迪，信是海迪唯一的儿子凯瑞写来的。

凯瑞母亲告诉他，父亲一直在外面做生意，而凯瑞则兴冲冲地写了一封信，要求他尽快开着跑车回家。

信辗转到了海迪的手中，海迪当时早已经心灰意冷，儿子的信点燃了他回家的渴望。

由于有立功表现，他提前出了狱，但遗憾的是，他无法完成儿子多年的心愿。

杰西的父亲，竟然大发了慈悲之心，他将自家的跑车借给了海迪，海迪信心满满地打了欠条，说半年时间内，一定将车还给他们。

这不过是一场游戏而已，欺骗、谎言，杰西以为父亲疯了，但他坚持这样做。

两年时间过去了，杳无音信，跑车果然被骗走了，杰西为此而苦恼，而杰西的父亲，一点儿也没有为此事耿耿于怀，他告诉杰西：我的眼光不会有错，他一定会回来的。

三年时间，荏苒而过，杰西的父亲病故，杰西一个人继承了家业，他拥有一座近百亩的农庄，至于跑车的事情，他早已经忘得一干二净。

但那天下午，一个叫凯瑞的少年，找到了杰西，他说自己是海迪的孩子。

海迪那天开着车，兴奋地回家，凯瑞与母亲兴奋不已，因为这辆跑车打消了所有的顾虑，也为自己赢得了尊严。

海迪带着全家去外面游玩，在回家的路上，竟然出了车祸，凯瑞与母亲得救了，而海迪则不幸遇难。

跑车也被撞得七零八落的，凯瑞与母亲十分难过。

安排了父亲的后事后，凯瑞与母亲决心将废弃的跑车卖掉，因为自己家境贫寒，无法支付昂贵的维修费用。

母亲一直在怀疑跑车的归属问题，她在翻阅海迪的日记时，蓦地发现了一个天大的秘密：跑车是借别人的。

怎么办？当凯瑞得知这个消息后，他痛苦万分，他没有想到，由于自己的无理要求，父亲竟然借了人家的跑车。

一辆跑车，是天价。母亲与凯瑞协商后，毅然决然地卖掉了自家的一部分房产，加上三年的努力打拼，他们终于买了一辆一模一样的跑车。

杰西听完此事后，掩面而泣，当着他们的面，他撕掉了那张欠条。

父亲的预言是没错的，海迪没有食言，因为父亲说过：我们都是父亲。

一辆开往春天的跑车，行驶在一望无际的征途上。

每一份爱，都是为你量身定做

(1)

课桌上的粉笔每天都在丢失，这令我一度苦恼不已。这群如花般成长的孩子，面对我的批评有恃无恐。对于自己的教育成果，我有些心痛，一度在课堂上失控，将他们骂个体无完肤。

强子总是低着头，他家境贫寒，听说父亲早亡，对于这样的孩子，我一直抱着善意，因此，我处处留意他的感受，我对每个任课老师都提出了要求，善待这个可怜的孩子。

每逢我的目光扫向他时，他总是将手揣进口袋里，若有所思地掩饰什么。

对于粉笔丢失的出处，我大抵掌握了去向，因此，我在课堂上讲道："大家要做一个诚实的孩子，不要欺骗老师。"

但没有人回复，老实巴交的他让我有些恼火。

(2)

没有足够的证据，全是猜测，因此，我不敢下肯定结论，于是，我想到了家访。

家访的消息不胫而走，同学们交头接耳。我是想通过家访，寻找到蛛丝马迹。

没有想到，半道上，竟然杀出一群同学，和我结伴同行，他们都是看望强子母亲的。

我存有私心，面对孩子们的单纯，觉得无地自容，在他家里，强子有病的母亲，还有一个残疾的弟弟，笑脸相迎我们的到来。

他家里的情况堪忧，比想象中的还要糟糕，大家有钱的出钱，有力的出力，将他家里倒塌的院墙修葺一新。

在一个角落里，我意外地发现了一大堆的粉笔，当时，它们正乖巧地躺在属于自己的领域里发呆。

我没有单刀直入，我想以婉转的方式说服于他。

(3)

粉笔照样丢失，肆无忌惮，我终于忍无可忍。

强子低着头，站在我的面前，我一声不吭，给他一个自我反省的时间。

我告诉他："做了错事，一定要敢于承认，才是男子汉。"

他努力想着，后来，巨大的压力让他泪如雨下。

他说道："老师，我红领巾丢了，没有戴。"

他在避重就轻，这样的小伎俩让我觉得无可奈何，但我一直在给他机会。

"我曾经吃过别人送的东西，妈妈说再穷也不让拿别人的东西。"

我站了起来："马强，你是在掩饰吗？你家里的粉笔哪儿来的？教室里的粉笔一直在丢。"

"我真不知道呀，粉笔是莫名其妙出现的，每天都在增加。"强子一边抹着眼泪一边说道。

(4)

正当我准备发动定时炸弹时，办公室的门开了，全班36名同学，悉数到场。

为首的班长说道："老师，不是强子的问题，粉笔是我们拿的，每位同学都拿过。强子的弟弟没法上学，强子每天回家后，用树枝在地上教他念字，我们于心不忍，所以，全班所有的同学，都会定期送给他粉笔。"

"老师，我们错了。"所有同学异口同声。

刹那间，所有的自私土崩瓦解，想起刚才自己的咄咄逼人，我后悔不已。

在以后的日子里，每天放学前，我总会郑重地从粉笔盒中抽出一根粉笔来，放进强子的书包里。

在给强子的毕业纪念册上，我这样写道：

孩子，不是所有的谎言都是恶意的，有些谎言，善良如花，每一份独一无二的爱，都是为你量身定做。

那一场厉兵秣马的暗恋时光

(1)

我收到一封奇怪的信，里面只写着“我爱你”三个字，字轻情重，我本来素面朝天，平日里均以自恋的姿态傲世万物，但现在，这样一纸条竟然将所有的自私打败了，我哭了个稀里哗啦。

之所以哭泣，不是因为我不想爱，而是因为这场爱来得太晚了，我本来已经计划好自己的余下人生时光：好好考一所大学，然后谈一场鸡飞狗跳般的恋爱，最终找个平凡的男人嫁了，相夫教子一辈子时光。

而所有这些，来源于环境的熏陶与母亲的苦口婆心，母亲叮嘱我千万不要理会年少的承诺，一切皆如浮云，唯有成绩才是最真的梦。

而我一直秉承着这样的理念存活着，直到这张纸条的出现，让我措手不及，来不及思索，只好好好地珍藏。

(2)

我暗中调查，才弄清楚事情的来龙去脉，给我写信的人，竟然是他。

姜小恒，青春年少，满腹才情，众人眼中的焦点，他的眼里竟然有我。

看到他，就想笑，不敢笑出来，不见他，心思恍惚，如果他在场，我的成绩会稳步提升，在体育课上，如果没有他的出现，我会以萎靡的姿态等待体育老师的唾骂。

这是青春在作祟吧？不管如何，爱才刚刚开始。

我知道他从不吃早餐，时间久了，一定会搞得身体每况愈下。我心疼他，每天早晨，总是第一个跑到早点摊上，为他买一大杯的牛奶，然后信誓旦旦地放到他的抽屉里。

他手垂下来，总会遇到那丝温暖，继而回过头去四处打探，我埋下头，只当是无关痛痒的环节，他喝得香甜，而我以这样一个坚持，将他养得白白胖胖的，我乐意。

(3)

我终于知道了另外有一个女生，在慢慢地接触他。横刀夺爱，不是友人的选择，我决心还击。

当时，我的成绩走了下坡路，分心也好，不努力也罢，总而言之，他的身影占据了我大多数少年时光。

一封检举信，洋洋洒洒的那种，躺在班主任的办公桌上了。匿名写来的，不必过分追究，光知道这是一种错误的爱就已经够了。

那个女生，被劝退了学，她告诉自己的朋友：我没有一点行动，竟然被人发现了端倪。

他们哪会知道：我目光敏锐，有一丝的风吹草动，也逃不过我的目光炯炯。

他规矩了许多，我也开始厉兵秣马，因为半年时光，如白驹过隙般短暂。

(4)

那个傍晚，我崴了脚，竟然在半路上遇到了他，他忙不迭地将我背在背上，那一刻，时光陶醉，万千荏苒。

我竟然鼓励我，说老师的批评是对的，你应该扬鞭快马，考上理想的学校，不然，会辜负自己的大好青春。

他的话成了我进步的催化剂，当我开始以崭新的姿态面世时，老师们竟然惊讶于我的潜力，在一次意外的测试中，我拿了个全校第一名。

高考过后，我曾经想过找到姜小恒，却无法如愿，我保存的唯一电话簿，在时光中被烧成了灰烬，实属意外，却是天意使然。

(5)

同学聚会，悉数到场，早已为人妻为人夫。

当时的那张纸条，竟然浮出了水面：竟然是一个女生的恶作剧。

没有怅惘，年少与成熟本来就相去甚远，我只有感激，如果不是他，我就会失去唯一的崇拜偶像，也就没有现在的飞黄腾达。

那一场厉兵秣马般的暗恋时光，终究会落幕，终究会一笑置之，每个人都有自己故事的原生态，而我，与姜小恒，却以这样的相约为各自的人生筹划了一场精彩迭出的注脚。

再见了，姜小恒，再见了，那一场厉兵秣马的暗恋时光。

谎言是用来浪费的

几乎所有人都说谎，哪怕他是伟人或者圣人，他们也有平凡的一面，是平凡的人，就会说谎。

心理学家说过，说谎来源于对现实社会的怀疑，或者是对现实的不满。人是最灵动的动物了，有思想，便会有叛逆性，叛逆性越强的人，越容易说谎。

孩子们是大人们管教的对象，尤其是不能说谎，一旦说了，就要接受大人的批评与教育。但总是在潜移默化间，大人们不自然地会将这谎言的基因遗传给孩子们，比如说孩子是捡来的，在成绩差之后，会告诉孩子们，成绩不好会被魔鬼抓走，等等。

大人们其实是想传递给孩子一种正能量，谎言也是一种勇气与智慧，能够将谎言说得天花乱坠的人，一定是世界上最聪明的人，当然，也是最可怕的人。

美丽的谎言，甜蜜的谎言，是大人们编织出来的美其名曰，是麻痹自己的一种精神力量，更是用以与现实谈判的充分理由。不是我故意编出来的，为了老人，为了孩子，更为了自己，为了和谐，为了天下苍生，更是为了爱。

所以说，谎言是世上最没用的发明了，谎言说出来，就是为了浪费的。

人的一生能说多少次谎，没有人探究，也不在心理学家的涉猎范围。谎言终归是要付出代价的，比如为了床上躺着的病人，编织出花一样的谎言，虽然让病人不知情，却使病人丧失了治病的信心与力量；更或者是对于孩子，考了糟糕的成绩，不敢言于家人，其实，是对父母从小说谎的一种遥相呼应，不要总是埋怨孩子的谎言，如果有统计学家对你大半辈子的话语进行过滤，有多少语言值得推敲？

我知道一则关于谎言的故事，一个老妇人早已经病逝，她的儿子千辗百转地竟然找来了妇人的孪生妹妹，妹妹孀居多年，来照顾这位老人，老人早已经病入膏肓，由于她的到来，竟然恢复了元气，这的确是爱的力量，妹妹开始时不知所措，她努力回顾姐姐说过的话，温习姐姐做过的事情与性格，但直至后来，一切终究习惯了，老人要的是那个人的存在，不在乎她的苍老或者是哪怕她早已经容颜衰老。

这简直是一段传奇，当然漏洞百出，我想着，老人可能早已经知晓了一切原委，但他却默默接受了这段谎言。在乎了又如何，能够相濡以沫到老，已经是一种福分了，就像小时候耳畔的风，掠过发梢，都是一种爱呀！

谎言如花，一定是那株大而奇的玫瑰了，不论颜色的鲜艳程度，只论花的大小，爱的长短，是与非的流转，终是奉献给人生的一顿豪门盛宴。

就像外面的一处泱泱大湖，湖面宽广，有微风拂面，一条鱼儿跃过水面，惊起波澜，骤然消逝。谎言短，不可能充斥完人生的海洋，所以不必太在意别人的谎、自己的谎，既然时间已经绝情地流走，我们何必在意说话人的态度、过程与结果呢？

有些时间是用来消费的，有些谎言是用来浪费的。

我坚持崇拜

偌大的教室里，坐满了学子，并非鸦雀无声，也非屏息静听。老师在堂上汗水摔成了八瓣，下面的学生们几乎人手一部苹果手机，有人看电影，有人玩微信，更有甚者在网上漫游。不重视老师的辛勤，轻视国货，盲目崇拜仿佛成了现代年轻人的通病。

年长老师暴躁的性格终于像火山一样爆发出来，扔掉了手中的化学课本，数落起了年轻学子浮躁的心。老师精通八股，将中华文化的博大精深摆在了前面，而后便是对洋货的排斥，再后来便是对学子不珍惜现在生活的批判，最后的最后，目标锁定在崇拜上面，妄自尊大、愚昧无知等字眼敲击着学生的心灵，化学老师将那堂课换成了心理辅导课。

让一位同学发言，他的回答斩钉截铁：我坚持崇拜。

崇拜有什么不好，不是盲目地照抄照搬，古往今来，崇拜的力量产生了多少经典的案例，崇拜也是一门学问，并非是将心中的偶像供奉在心灵的佛龛上，更不是原原本本地东施效颦、邯郸学步，崇拜人家的精华，弥补自我的过失而已。

埋头深思之，哑然失笑，崇拜的确是一把双刃剑。我敬佩这个学生向传统挑战的勇气与智慧，我想，那个老学究当场会气得下不来台的，没准儿，期末考试时，会给这位学生小鞋穿。

但无论如何，崇拜的力量不可小觑，我学习那阵子，崇拜歌星的风潮一浪高过一浪，如果在某座城市里举办演唱会，而被请的恰巧是自己中意的明星，便一定会引发一场逃课地震的。

曾经有一位同学，得到了一位歌星的签名，在左手上，她便硬生生地半年时间没有洗手，每日里将左手当成了宝贝，也成了自己哗众取宠的资本，学习成绩下去了，一落千丈不说，手也成了阴阳手，右手光滑可爱，左手被岁月蒙上了灰尘也不敢拭去。

拒绝盲目，有选择地崇拜也是一种历练，更是一种定力与高尚。

我的父亲，一辈子崇拜张国荣，看过他的无数部电影，学着唱他的歌，我的母亲，为此耿耿于怀，两人的感情在崇拜的过程中发生过纠缠。父亲一生病痛缠身，唯有这一个爱好，使他快乐无比。父亲曾经告诉我：张国荣给了我无穷无尽的力量，他的演唱会，我没有参加过，但每场必看，我不会找他签名，我认识他，人家不认识我，我只是崇拜他的战斗精神，那种义无反顾的永远不服输的意志，至于他的去世，是唯一的败笔，我崇拜的是他的在世，绝不学他面对死亡时的态度。

父亲去世时，留给我的几乎是张国荣的所有唱片光碟，正因为如此，我也崇拜张国荣，更崇拜父亲爱张国荣的态度与精神。人无完人，学习的，就是你昂扬向上的格调，不是你的下里巴人。

爱的延伸便是崇拜，不是男女关系的罗列，更非亲情那样的动人温暖，崇拜是一种时尚，更是一种风貌，像光一样掠过生命的天空，不留下遗憾，没有印痕；崇拜绝不是酒，像清风明月，一览千年却时光不灭。

崇拜更是一种个性的体现，一个孩子学会了辩证地崇拜，就说明他已经长大成人；一个团体学会了批判地吸收，预示着它可以蒸蒸日上；一个国家和民族学会了兼收并蓄，它就可以与时俱进、扬帆远航。

实习期是成功的卷首

我和一帮刚出校门的大学生们一起，挤入一家小型奶制品公司。实习期要写毕业论文，新鲜劲头没有过去，有些人是靠家里人养着，无所谓的态度，不过是将实习期作为一个跳板罢了。

我天生不服输，无奈身体瘦弱，弱不禁风的样子，经常成为工友们的嘲笑对象。比如说卸一套模具，人家是三下五除二，而笨手笨脚的我，无论如何也找不到窍门，有时候搞得满脸污泥。有一次恰巧公司老总下车间，看到了疲惫不堪的我，一笑置之。

想留下来，是不可能了，因为我给老总留下了不好的印象，想到了家境的寒酸，想到了自己瘦弱的身躯，我有一阵子落落寡合。

于是，在别人睡觉的时候，我想到了如何提高自己。并不是刻意要留下来，有时候，尊严无价，我也是要脸面的人。

模具成型车间，我总是干得只剩下我一个人，同学们说我傻，实习期，何苦呢？不需要这样吧，一家私企，做得再好，靠的也是裙带关系。

我置若罔闻，为了证明自己，不为了那单薄的实习期工资。

有好几次，公司值夜班的人都发现了我，这件事情竟然惊动了总经理，在一次晚上十一时许，总经理值夜时，为我送来了夜宵，我感动得无可无不可。

半年实习期结束，我的成绩最为优异，不仅如此，我还赢得了人生第一桶金，在实习的30个大学生中，我是唯一一个获得年底奖金的实习生，公司总经理与学校联系，要求我留下来。

而我却拒绝了，本来就不是看中了这样一个小厂。公司总经理宴请了我，他给我留下了他的电话，说毕业后，如果想来，随时欢迎。

毕业那年，我留在了市里。我打过零工，也做过销售，曾经有好几次晕倒在工作台前，我为了自己的身体，调养了一年多时间。在这期间，我密切关注着行业动态，在网上找到了一份收入可观的工作，勉强可以糊口。

病好后，继续做销售。我所卖的产品竟然要销售到那家奶制厂，那边的采购员认识我，马不停蹄地与他们的总经理通电话，那边放话过来：凡是我销售的产品，有多少要多少。

采购员说道："总经理相信你的人品，你销售的产品，质量与信誉不会有问题。"

半年时间后，这家企业的质量出现了严重问题，我主动找到了奶制厂，要求停掉所有的产品，同事们说我疯了，我说我要对客户负责，对安全负责。

我愤然离职。

就在我打点行装，准备回老家时，竟然接到了奶制厂老总的电话："孩子，别乱跑了，我公司扩大了业务，销售副总的职位给你留着呢。"电话未挂，我便潸然泪下。

总经理在任命大会上讲道："在实习期，我便相中了他；后来，他主动提出销售的奶源有质量问题，这样的人，绝对值得信任。"

我庆幸自己在实习期便找到了人生的方向，试用期是人生成功的卷首，也是上帝锤炼品质、意志的开始。

提醒咖啡

这是一家有名的咖啡馆，老板是纽约人，十分内秀的模样，加上妻子的苦心经营，咖啡馆生意出奇地火爆。

周围开了许多家咖啡馆，这对他们的生意产生了影响，由于他们是老店铺，传统思维严重，就连音乐也是原始的古典音乐，这一度使咖啡馆的业绩下滑。

“如果不创新，可能会被淘汰。”老板赛维对妻子雅娜说道。

“我们可以效仿那些新开张的咖啡馆，将音乐换成劲爆的，再招个大厨，制作美味的中国味道的快餐。”妻子建议赛维。

“如果那样，我们是在走老路，我们必须与众不同。”赛维语重心长。

一位客人，一直在看书，桌上放置的咖啡很快冷却了，以至于雅娜加了好几次热水。

一位妇女，一直在打电话，几乎忘记了桌上的咖啡，等到她思维收拢后，咖啡早已经失去了最佳品尝味道。

“要告诉顾客，咖啡的热度是有时间与温度要求的，如果错过了，就不是我们咖啡的质量问题。”雅娜觉得有些冤枉。

“我们不能向顾客说不，这样的问题，同样存在于任何咖啡馆，我们能够做到的就是要提醒他们：他们该喝咖啡了。”赛维灵机一动。

特制的咖啡杯，装着电池，可以根据温度对顾客进行善意提醒：“您该喝咖啡了，否则就会错过最佳品尝时机。”

提醒咖啡，一经推出，就吸引了许多人的眼球，“提醒顾客喝咖啡，没有这样做过，而这样做了，就让大家心动、感动。”

顾客开始盈门，许多人就是奔着这特殊的创益而来。有些其他行业的老板们，在这儿品尝过经典的咖啡后，也创意性地将提醒咖啡的创意应用到生产线上，提醒工人注意安全；更有些宾馆的老板们由此想到了叫醒服务等。

并不需要刻意地增加产品的成本或者改进产品的质量，从服务的盲区着手，就已经取得了质的成功。

见面比简历更重要

现代企业面临同样的难题：人员流动率高，人才留不住。

我所在公司无法幸免于难，尽管公司采取了许多福利措施留人，但效果甚微。尤其是刚刚毕业的大学生，根本无法安身立命于你的公司，他们的心十分浮躁，像白云在天上飘。

这样的现状对我这个人力资源部经理是个很大的考验，现在企业通行人性化管理，上司已经不再批评你了，而靠的是自觉。我也是要面子的人，心里想着，如果到年底，公司所要的人才仍然无法招到，我也走人。

公司换了新总经理，老板的儿子上任，对公司大刀阔斧改革，更是不惜重金挖掘技术人才与管理人才。

我将一大摞简历放在他的面前，他看也没看，我心中有些忐忑，我还不习惯这个新领导的脾气。

“什么时候有招聘会?”老总问我。

我赶紧答道：“明天下午，市人才交流中心。”

“我也去，你做下准备。”

从他的办公室出来，我长出了一口气，但也觉得奇怪，公司老总日理万机，有无数的人际关系等着他去沟通交流，招聘人才通常是人事上的事情，一个企业老总，不惜屈尊去人才交流中心，充入到那儿紧张的气氛中，实在难得。

我晚上加班准备材料，通过简历，将每种人才进行了分类，哪些是公司有希望的，哪些是根本不可能来的，哪些是不符合我公司专业的。

我抱着一大摞的资料进入招聘大厅里，老总已经在写有我们公司名称的座位上坐了下来，我放下资料，便与他介绍，他却摆摆手："资料我不需要，我只想见人。"

一句轻描淡写，让我想哭，我好歹加班做了这么多工作，他这样做是对我价值的否定。

我的态度也不怎么好，而他则依然故我地对前来应聘的人员打招呼、扯家常，对方先介绍，简单地介绍，他只是随便问几个问题，然后便在自己的工作本上记录下人家的姓名，对于适合的人才，他当场便拍板让人家明天到公司报到。

休息时间，我纠正他："不看学历，不看简历，这样的招聘逻辑有问题吧，他如果说谎了呢，他如果专业不对口呢？那个小张，是学化学的，你让他去机修车间，合适吗?"

老总笑了，对我说道："我之所以过来，就是不看中这些简历，它们如废纸一样，至于你说的专业对口与否，已经不重要了，人的态度十分重要，见面比简历更重要。"

看着他忙碌地嘘寒问暖，我突然间有所顿悟：我们通常的人事工作者，总是在一大堆的简历中判断人的是与非，但真正需要的人才却寥若晨星，气质是人的名片，态度是人的见面礼，其实，见面比简历更重要。

像赶地铁的人一样步履匆匆

我生性慢脾气，做事情慢吞吞的，读书时期也是如此，家人与同学们都说我是大脾气，将来一定长寿。

但毕业后找工作，我却屡屡碰壁，做了两次销售，由于跟不上人家的节拍，我自动辞职；后来，辗转幸运地被一家网络公司聘用了，薪水也十分喜人。

我的工作简单而模式化，就是售后服务，针对许多家公司，发邮件询问他们对我们网站的意见，然后再反馈给销售部门，让销售结合技术上进行改进。

反正没有时间限制，我每天少发几封便可以完成，因此，我的生活一直在慢节奏状态。

半个月后，主管却对我大发雷霆，原来是一家公司的回信，我没有及时转给销售部门，人家提出了意见，已经要求撤销广告业务。

怎么可以怨我？昨天晚上我发的邮件，今天上午九点钟我发现，已经反馈了，这么短的时间出现问题，一定不是电子邮件，而是其他问题造成的。

我辩驳着，但通报已经下来了，他们处罚的效率非常高。我愤愤不平地越级闯入了总经理办公室，对主管的处理表示抗议："我可以辞职，但总得给我个说法。"

总经理早已经了解了事情的真相，他没有直接回答我，而是问我："晚上一起坐地铁吧?”

“坐地铁?”我有些郁闷。但好歹总经理并没有发脾气。

才知道老总的生活规律，家住郊区，每天早上五时起床，赶地铁，下午乘地铁回家，为什么不开车? 道路拥挤不堪，乘地铁比开车方便多了。

不管如何，领导提出来了，总得给人家面子。

我很少坐地铁，主要是家离公司近，每天乘公交车便可以顺利到家，对于地铁来讲，我算是一个陌生客人。

领导的步伐十分快，他在前面几乎是奔跑着，我跟不上他，紧赶慢赶的，后来，实在顶不住了，便气喘吁吁地停了下来。

老总回过来头，花白的头发在风中飞舞着：“你看看周围的人群，他们的步伐。”

我才看清楚了，每个人都是健步如飞，他们为了生活奔波，为了赶地铁而步履匆匆，如果慢了，可能赶不上这趟车了。

我忽然明白老总安排我乘地铁的原因了，现代人讲究的是生活节奏，如果你慢了，就有可能被残酷地 PK 掉，我们是一家网络公司，效率与速度是第一要素。

在以后的工作生涯里，我学会了奔跑，像赶地铁的人那样步履匆匆，每当我满头大汗地回过头来时，我总会告诉自己：我赶上了最早的一班地铁。

你演出，我受益

詹斯先生是纽约一家小剧场的老板，他的营销业绩并不算太好，曾经有一段时间内，他的演出无人问津，剧场也到了停业的凄惨边缘。

纽约名人荟萃，不乏大牌明星与好的剧院，但詹斯先生的剧场一直主打的是话剧演出，在电影业、电视剧业风靡一时的今天，话剧早就成了明日黄花。

“我们可以考虑另谋职业，或者是将剧场兑给别人，我们重新择业。”妻子劝慰他。

但他于心不忍，剧场跟随自己半辈子时光，产生了浓厚的感情，剧场几乎成了他生命的一部分，一旦失去，不仅半辈子心血白费，自己的心灵也会遭受巨大的打击。

某个黄昏，詹斯先生与妻子外出散步，在广场的一角，一则正在上演的平民话剧吸引了他们的注意力：那是一帮外国留学生，他们的演出几乎无人欣赏，但他们依然十分投入，他们正在赶制一幕话剧，准备在年末的毕业晚上会倾情上演。但他们缺少足够的道具与灯光，表演环境差，加上周围会有噪声骚扰他们，这样的演出几乎使演员无法全身心投入。

“如果我们的剧场邀请他们去演出，他们肯定不会要演出费的。”妻子一句话点醒梦中人。

詹斯先生喜出望外，他与学生们经过认真交谈后，他们答应了他提出的条件。

“平民剧场”今晚义演，不收门票。

消息不胫而走，大家奔走相告。当晚，他们欣赏到了一出不算精彩的，却原汁原味、生活味道极浓的演出，演出的群体是一些大学生，他们来自不同的国度，不同的语言，妙趣横生，也会闹笑话，但大家一笑置之。

每周一次演出，前三场义演，后面需要花少量的门票费用，比好莱坞的门票差远了。在周末时分，万籁俱寂，疲惫的人们大笑一场，心情好多了。扬了演员们的名声，增加了剧场的效益，何乐不为呢？

许多无名演员们竞相前来预约演出，剧场不需要出任何费用，演员们也不需要任何的支出。演员们借此锻炼自己，也提高自己的身份，詹斯先生借此收取门票费用，虽然不高，但积少成多，聚沙成塔。

“平民剧场”风靡整个纽约城，几乎在周末夜晚，全城的人选择了这个名不见经传的小剧场。纽约的媒体吃惊不已，就连好莱坞的老板们也觉得不可思议，有些人慕名而来，觉得演员不够逼真，不是专业水准，但这没什么，大家愿意看，能够带来欢笑，就已经取得了成功。

你演出，我受益，为大家带来无穷无尽的欢乐。这是詹斯先生赚个盆满钵盈的秘密所在，其实没什么诀窍，就是在你没有参与之前，已经采取了迎合观众胃口的行动，并且持续下去，如此而已。

每个人都有自己的花好月圆

小时候，少年衣袂飘飘，除了向往琐碎的食品外，对爱情便充满了若即若离的向往。好似一只恼人的虫子，在自己的被窝里轻轻地蠕动，哪怕稍微有一种风吹草动，便可以让你突然间春风满怀。

这是对爱情的最初憧憬。

邻家的姐姐，大我一轮，见我总是笑逐颜开，逗我玩，送我糖果。她嫁了个好男子，一生疼她爱她惜她，即使在她得癌的困难时刻，他依然不离不弃。姐姐的笑容，是我对爱情充满希冀的最初印象，她就像爱情请来的代言人，笑容便成了爱的名片。

原来，爱情是笑容，是不分开，是及时雨，是困难时的一双手。

我遇到一位长我一岁的姐姐，大学毕业，匆忙择业失业，还未在失业的苦恼中脱胎换骨，便猝不及防地遇到了她。她善良，对我的捉弄总是一笔带过，就好像她有一双充满魔幻的手，温柔地一挥，便扫尽世间阴霾，从此后，再多的坎坷也是风平浪静的前兆，原来，这世上有一种爱叫风雨同舟。

于是，我迫不及待地让她成了我的新嫁娘，长我一岁的姐姐，十余年时光荏苒而过，虽然也曾经争吵，更会与邻居家出现瓜田李下的不愉快，但她的善良却贯穿了我的一生。

善良的花，施以温馨的暖暖的化肥，恐怕爱情这颗果子，想不芳香宜人都困难。

年迈的老人，在吊唁自己离开的妇人，在公墓旁，这幕场景让多少人不忍卒读。老人在烧给自己的爱人叠好的纸鹤，他说他们结婚时，流行折纸鹤，他曾经答应过她：这辈子要折一万只纸鹤给她，现在还差许多，因此，他不能离世。老人告诉我：如果用一个词形容我们的爱情的话，那就是“爱心”了。

爱心，对丈夫的爱，对家人的爱，对邻家的关怀，对陌生人的关爱。老妇人在世时，是一名医生，一辈子施爱无数，她救助过陌生的遇难者，曾经一度将家中变成他们的天堂。开始时，他不理解，她一直坚持，多年以后，当他们都老了，那些感恩，那些笑容，都是对他们最真的回报，当时，他们觉得爱情不是一个对伉俪的全部，爱是普及，是施与，是恩惠到所有可以关注的人群。

每个人的心中，都有自己的花好月圆。这是属于个人的经典传奇，更是自己对爱情、对人生的铁骨铮铮；花不常开，月不会常圆，但有了爱的天空，一定可以晴空万里，有了爱的事业，一定可以顺风顺水，有了爱的人生，一定可以壮志凌云。

你在爱的舟上刻下属于自己的春秋，一定可以求到一枚“轩辕剑”。爱的江湖里，每个人都有自己的经典情话。

人间正道

我刚刚升任办公室主任不久，公司便发生了一件让我棘手的难题：办公室文员张丽丽，将会议室影壁墙的玻璃打碎了。虽然是无心之过，但毕竟我是刚刚上任的主任，我必须严格按照相关制度进行处罚。

我本来想直接请示总经理，因为我无法权衡利弊，他说过：遇到无法处理的难题，可以越级找他。

总经理恰巧出差，公司常务副总李总代理他的职权，但我却对李总忌惮三分，因为由于一些旧事，我与他产生过激烈的纠纷，如果不是总经理的慧眼识珠，我恐怕一直埋没于污泥中。

还听说，张丽丽是李总的远房亲戚，这样一个百十人的小公司，裙带关系纠缠不休，如果处理失当，恐怕会惹火烧身的。

无奈之下，我傍晚拨通了同事章姐的电话。她大我三岁，是技术部的代理主任，她在电话中叮嘱我："孩子，你刚入社会，可得小心点呀，职场也是需要政治的，你上次对待李总，就有些失当，如今正好是个机会，要补偿过来，他可是常务副总。"

挂了电话，依然忐忑不安，胆战心惊地第二天上班，看着会议室里残缺不全的玻璃缺了冰山一角，我趴在桌子上哭泣起来。

门开了，杨总走了进来，杨总是技术老总，平日里喜欢关怀员工，他是章姐的顶头上司。

听我讲完事情的经过，杨总摆摆手道："这件事情，明摆着，大家都知道，如何包庇？小姑娘，相信正道吧。"

我犹豫了半个下午，决定起草一份对张丽丽的处罚通报：要求她包赔所有的损失。

但下午四点左右，张丽丽却找到了我，在我的办公室里，她说道："事情是我造成的，我愿意包赔玻璃，可通报就不必写了吧，都不是有心的，再者，我听人说杨总与你单独谈了话，你可要想清楚了：杨总是李总的死对头，二人经常在中层会议上争吵，总经理也拿他们没有办法，李总可是总经理的朋友，而我呢，你也知道，是李总的外甥女，孰轻孰重，你自己把握吧。"

我没有想到，一个小小的意外事故，竟然有如此多的歪道道，我不知道如何形容自己尴尬无比的心情，我将那份通报塞到了抽屉里，郁郁寡欢。

深夜时分，我想到了辞职，便将自己的想法用电子邮件的方式发到了总经理的邮箱里，当初应聘时，是他录取的我，也是他信任我，将我推到了风口浪尖上。

没有想到，三分钟后，竟然收到了老总的回信：你是办公室主任，我信任你的处理，你要相信：人间正道是沧桑。

我犹如吃了兴奋剂，趁着黑夜，将那份通报进行了重新编写，第二天一早，我便将处罚张丽丽的通报贴到了公司醒目的位置上，公司里人云亦云着说我是新官上任三把火。

许多失败来自于恐惧。他们并没有无理取闹，而是乖乖接受了惩罚，我并没有受到他们的纠缠。我本以为总经理开会时会提及此事，而他却没有，在一次偶然的私人会面时，我问及他关于这件事情的看法，他笑道：“这是你的职权范围，我不好过问吧。”

这是一种无声的支持。在接下来的职场生涯里，我坚信人间正道的这一立场，做事情雷厉风行，一丝不苟，经常加班加点地处理当日未做完的工作，有时候，会将未做完的工作带到家中废寝忘食。

年末，公司总经理突然宣布：辞退李总。理由十分简单，公司要破除裙带关系，还公司一片朗朗乾坤。而我则幸运地成了总经理助理。

天理昭彰，正道依然，任何事物都应该活在阳光下。在职场中，我收获了人生第一桶宝贵的经验：如何做人，如何让自己问心无愧？

让默克尔总理为我做广告

德国大选如火如荼，默克尔众望所归地第三次当选德国总理。许多商家打出了总理牌子的商品，希望总理的当选能为自己的买卖带来无穷无尽的好运。

柏林市郊有一个茶具店，店内经营着各种各样的生活用品，其中尤以茶杯为主打产品。但金融危机蔓延德国后，茶具店生意门可罗雀，因此，店主卡里女士希望通过一位名人为自己的茶具店代言。

总理默克尔突然到访，整条街成了欢乐的海洋，卡里女士在门口整理自己的物品时，默克尔却意外现身了，她一展亲民总理的风采，与卡里拉起了家常。

卡里女士灵感乍现：何不趁总理到访之机，免费为自己的茶具产品做广告呢？

她不能主动邀请总理，因为德国的法律不允许这样做，只能通过婉约的方式进行，接下来，她邀请总理品尝自己亲手烹煮的茶，默克尔愉快地接受了邀请。

清一色的新茶具，包括茶杯、茶碗，新鲜的茉莉花茶，默克尔脸上洋溢着欢乐与兴奋，她喝茶时，卡里的丈夫愉快地举起了相机，卡里女士与总理的面容出现在相机里。

默克尔走后，这些珍贵的照片，成为记者们追逐的对象，而卡里女士则慷慨地将诸多照片分散给众多媒体记者。

第二天的报纸上面，默克尔亲民的形象成了头版头条：总理举着茶杯，卡里女士微笑相迎的照片成为焦点。

几乎是在同时，大家发现了一个秘密：默克尔手中的茶杯外面印有一个标志：海形的图案。这代表什么意思？是总理胜选后的故意安排吗？这有什么用意？

当天下午，《柏林时报》率先找到了答案，原来这是卡里女士茶杯的品牌：海洋牌茶具。总理这样做，难道是在为海洋牌茶具代言吗？

就在大家众说纷纭之时，有些独具眼光的中间商早已经踏平了卡里家的门槛，几乎一夜之间，店内库存的所有“海洋”牌茶杯、茶碗与茶具销售一空，卡里女士不得已从外地进了新货，这个叫“卡里茶具”的小屋成了金字招牌，成了消费者追逐的对象。

卡里没有对外宣扬任何细节，其实她却在细节上做足了文章。面对默克尔的到来，实是在千载难逢的好时机，如果能让总理为自己的产品做广告，销量一定没有问题。卡里女士技高一筹，在没有违犯法律的前提下，将海洋牌的标志留给了媒体记者，加上默克尔总理当选中意气风发，得意的表情渲染无比，使得海洋牌茶具与政治有了某种姻缘。

让总理为我做广告，不仅需要契机，更需要勇气与智慧。

眼中噙泪，脸上微笑

这是一位103岁的奇女子，生平阅人无数，光是男人便嫁了十来个。但她是一个“克夫狂”，每一任丈夫，总是脱离不了死亡的威胁，而她却硬生生地活下来，一路竟然活色生香。到老了，越发地志在千里，参加社区的各种活动，一刻也不让自己停下来。

停下来，便是死亡，这是她送给我们年轻人的忠告。

嫁给第一任丈夫时，她年仅16岁，娉婷妖娆，嫁过去几日，便让天生有病的男人折腾暴毙。而她呢，对这个没有感情的丈夫没有丝毫的留恋，次日便嫁给了自己的初恋，等到她过去后，才知道自己已经怀了前夫的孩子。这是怎样的情感纠缠，初恋变本加厉地折磨她，让她回娘家，已经回不去了，家早已不是家，负债累累，爹娘羸弱。硬是撑了下来，孩子落生，娘儿俩成了他的虐待对象，不成人形，孩子哭啼不休，一怒之下，一不做二不休，好歹我是你明媒正娶过来的，一刀误伤了那男人的命。

苦了女人，做了几年牢，出来后，孩子被卖了，一个人，形影相吊。万性是个女子，身材与美貌尚存，勾引了一个军人。军人大她十来岁，她倒是争气，一口气为他生下两个孩子。是一个峥嵘的午后，女人为男人做饭，新买的上好鲤鱼，男人吃得正欢，鱼刺竟然卡在喉咙里，医疗条件差，一口气没上来，魂归那世去了。

女人成了天涯孤女，两个孩子嗷嗷待哺，如何办？冒着骂名，改嫁了三任丈夫，两个休了她，嫌弃她与孩子成了累赘，最后一个，是个脾气顶好的男人，万事由着她。她找到了感情的爆发点，在家中说一不二，在外面呼风唤雨，三年时间，男人便闭了眼睛，临死时骂她：谁娶了你，将是万世之耻。

孤身过了18年，来到了50余岁。孩子们结了婚，她一个人在乡下，孤苦伶仃地过日子，偏偏一个猎人，落难在她家中，她硬着头皮，将他救了过来。男女纠缠，难免出事情，一来二去的，产生了感情，发现时早已经悔之晚矣，只好过了起来，起了炉灶，产生了爱情。

也算是幸福，猎人却是个赌徒，生性爱赌，婚后暴露无遗，不仅葬了家，还逼着她交出几十年的存款，输光了，一杆枪，一粒子弹，送自己上了天堂。

女人重新成了孤家寡人，怨自己命苦，寻短见，一个满腹才华的律师救了他。她在城市里，给人家当了保姆，说来凑巧，本来无瓜田李下之嫌，律师的母亲，却看中这个女子，临死前竟然将律师的后半生托付给了她。

律师命短，死后留下偌大的家财，儿子们听说后，迅速地瓜分了她的家，穷与富是邻居。

她硬是活了下来，命硬，死不了，索性不死了，每天跳舞锻炼，但不再奢谈爱情。

100岁刚过，病来如山倒，住了院，挺了过来；101岁时，青梅竹马的男友，与自己同岁，从异国他乡来看他，再也离不开了；103岁那年，结成了伉俪。

结婚当日，老妇人眼中噙泪，脸上却是微笑，记者们不知如何宽慰她，镜头中闪现着吉祥的清光。她却笑了：眼中噙泪，是对过往不幸的挣扎；脸上微笑，是生活的态度，再嚣张厉害的打击，也不能击垮我向往幸福的决心。

说得多好呀？也许正是这样的铮铮铁骨，才塑造了坚韧的性格与不怕死的心灵。

眼中噙泪，我们不能够排斥磨难。

脸上微笑，这是我们送给世界与个人的最好礼物。

不要撕掉意见簿

大学毕业那年，我应聘到一家宾馆实习，做的是服务生。工作倒是清闲，为客人打扫房间，按照客人的吩咐送饮料或者饭食而已。

宾馆也分淡旺季，但我们的工资却没有实行绩效责任制。冬季是闲季，我利用业余时间上网聊天，与一帮朋友天南海北。夏季是旅游旺季，我还没有来得及做好准备，客人便蜂拥而至，半个月时间内，我便消瘦了一圈，每天 10 个小时上班，还无法完成正常的业务，向上面反映人手不够，宾馆大堂经理也无可奈何，要求大家精诚团结，无论如何也要渡过难关。

那天，我得了重感冒，感觉头重脚轻的，上班时提不起精神，直到下午时分，我才想起一件事情：202 房间的客人，要求我于上午 12：00 送一杯咖啡给他，而我却忘记了。看了看表，已经是下午 13：30 分，我忙不迭地冲了咖啡，并且做好了道歉的准备。

推开虚掩的门，我看到一个老板模样的人，坐在电脑前面，忙得满头大汗的，我悄悄走过去，放下咖啡，替他开了空调。

刚想说对不起，那人却猛然一拍桌子："你们什么服务水平，一个小时了，我正在开视频会议，一杯咖啡到现在才送来？什么效率？如果在我的公司，我早开除你了。"

我愧疚万分，无助地解释着，我没有说我感冒了，只是说由于疏忽，给忘了，接下来的时间里，一定会尽心服务的。

他依然不依不饶的，随手从墙上拿起了意见簿，草草写了几行字，重新挂在墙上。

我知道自己完了。做一千件好事，无人记起，一件坏事，便会被人耿耿于怀。

我在自己的办公室内哭了半天，加上感冒来袭，我的状态极差，大堂经理也对我吆来喝去的，我有一种想破罐破摔的痛感。

202房间的客人住了两天时间，我服务得也算周到体贴，客人临走时，我替他拿行李，并且祝他身体健康。我收拾房间，看到了墙上的意见簿，颤抖着翻阅起来，三天时间，他给我的服务评了最差分，意见里这样写道：没有见过如此服务的四星级酒店。

按照规定，在一周时间内，意见簿需要上呈大堂经理，对于重要的意见，老板也要亲自过问。如果意见簿上报，我的工作、薪水与奖金，都会受到严重影响。

我有一种想撕掉意见簿的冲动，我重新放了一个新的，将旧的装在自己的包中，带离了酒店。

这些醒目的意见，一直摆在我的面前。整个夜晚，惆怅与失望袭击着我，我夜不能寐，早晨时分，我决定了，我要将意见簿永久保留，不再上交酒店领导。

但阴差阳错地，我到达酒店后，换服装时才发现，旧的意见簿竟然被我不知何时装进了手提包里，恰在此时，大堂经理叫了我的名字，要求我将近日的意见簿亲自交给老板。

我的心七上八下的，良心未泯的我犹豫了半分钟时间，将手提包中的意见簿拿了出来，按捺住内心的忐忑，郑重其事地放在老板面前。

没有等他责问，我便开了口，解释责任全在我，是我一时疏忽造成的恶果，扣奖金、开除都可以。

老板沉默了半天，交给我一封信，我犹豫地打开来，竟然是那客人刚来的快递，他在信中要求酒店不要责难于我，说当时我生了病，他能够看得出来，他当时谈判失败，态度也不好。能够知错就改的员工，一定是好员工，如果在他的公司，他一定会重用我。

接下来，老板交给我一份通报，上面赫然写着：古小鸽员工，带病工作，本月奖金翻倍，且鉴于其忠诚于公司，知错就改，特晋升为大堂副经理。

半年后，尽管他们竭诚挽留，我还是离开了那家酒店，临走时，我请求带走了那份意见簿。它让我警醒，让我时刻不敢懈怠，我庆幸，在人生的第一步里，我没有撕掉那几页纸，更没有撕毁人生美好的开始。

春风喜欢通过裂痕感染每个人

她的一生经历了万千苦难，出生在血雨腥风的二战时期，而她的父亲，是德国纳粹的积极分子，一生杀人无数。她从小被安置在一处难民营里，其实是想让她隐姓埋名，免遭杀戮罢了。

从内心深处，她厌恶战争，渴望尽早结束二战的阴霾，因此，作为难民，她积极参加反战游行，才 11 岁的她，被纳粹关进了集中营里，一关便是两年时光。

两年时间里，她深受心理与肉体上的双重折磨，暗无天日的生活，让她学会了忍受与煎熬，幸运的是，他的父亲视察集中营时居然发现了她，救她出来，而她感愧于纳粹所做的恶行，与父亲竟然决裂。她的父亲痛惜之至，在战场上一去不复返，据说死在莫斯科。

她成了孤儿，战后的德国，秩序紊乱，而她由于自己父亲的原因，遭人白眼，不让她进入好的学校，16 岁的她，只得借读于柏林郊区的一处难民学校里。不仅如此，在集中营里，她的脸部受了伤，由于医治不及时，毁了容貌，这一度影响了她的爱情，许多帅气的小伙子远离她而去。

她不敢爱，只是越发让自己内向，有一段时间，她甚至想到了死亡，但一个修女帮助了她，她劝慰着小姑娘：战争没有让你死去，和平可以使你屈服吗？

她觉得上帝没有让自己在战争年代死去，已经是最好的礼物了，于是，她在泪光盈盈中，艰苦地挣扎了10年时光。

爱情不期而遇。对方是个政治家，大自己10岁，意气风发，不嫌弃自己的长相，毅然决然地恋爱、结婚、生子，本来以为美好的生活由此拉开帷幕，但丈夫却半途发病，一病不起。33岁那年，她便守了寡，搂着一个儿子相依为命。

已经对生活失去信心的她，索性将儿子托付给了他人，想了却残生。

一份政治邀请函使她为之一振：柏林市议会邀请她参加每月的例会，为柏林的经济发展献计献策，一份埋藏已久的政治情结促使她欣然前往，从那时起，一种政治使命感强烈地与她凝结在一起。

不幸没有离开而去。她的政治事业风生水起后，想要回儿子，但儿子早已经不认识她了，坚决不从，进入了诉讼程序，法官最后让儿子拿主意，她的儿子，居然选择了离开。

接下来，她涉入了一场政治事件，悄然入狱，原来是政治对手的伎俩，在狱中，她遭到了狱霸的毒打，差点一命呜呼，如果不是装死，恐怕她在劫难逃。

54岁那年，出狱的她再也无精力涉及政治，隐居在一个叫梅尔斯的镇甸上，但她喜好助人，并且对镇甸的发展积极献言献策，成了小镇上的名人，大家都记住了一个爱管闲事、爱打抱不平的妇人。

60岁，她当选了梅尔斯镇的镇长，她人生历史上第一次成了主角，虽然官小，但她却经营得井井有条，不敢懈怠，每天早晨，她总会精神饱满地坐在自己的办公室里，处理小镇上的各种业务，两年时间，梅尔斯镇便成为德国负有盛名的小镇，默克尔总理听说这位女强人的故事后，驱车前来看望她。

她叫赫尔斯，她的传奇经历足可以写成一本厚重的书，而她面对人生的豁达与乐观，更是一部隆重的教科书，感染着每个世人。

枝丫间的缝隙是树的裂痕，云朵是天空的裂痕，庭院是村庄的裂痕，恨是爱的裂痕，磨难是人生的裂痕。春风是个调皮鬼，喜欢通过裂痕感染每个人，没有磨难的春天不叫春天，没有挣扎过的四季，如何春风风人，如何夏雨雨人？

香气袭人，并非一朝一夕制造，天荒地老，绝非信誓旦旦之功，春风总是喜欢通过裂痕感染每个人。

善良的利润

作为一名超市的保安，我一向恪守职责。每天，或多或少的人群从我的眼睛里闪烁而过，机敏是我的特长，警惕是我的性格，我上要对得起天地良心，下要对得起主管对我的厚爱，保安职位虽小，但小中见大，别有洞天，这也是人生的一种境界。

我曾经抓住过无数名试图从超市不劳而获的人，主管每次对我都投来赞许的目光，我从一名普通的保安晋升为保安队长，除了荣誉外，更多的是感觉肩上的责任日益重大。

因此，当那个妇女鬼鬼祟祟地蛰伏到超市奶粉专柜前时，我的眼前一亮，通过一面镜子，我清楚地看到了她的所有伎俩，她只拿了一袋米，却将一袋奶粉塞入了自己的口袋里，然后装作若无其事的样子，故作镇定地随着人流想要挤出去。

我正准备揭发她的丑行时，她的目光正好与我的目光叠加在一起，蓦地，我感到一种从未有过的怜悯：也许，她家境贫寒，或许，哪个狠心的家伙抛弃了她们娘俩，而她，更是面临着无法糊口的风险。这种目光，是母亲特有的目光，职业习惯告诉我，我的良心发生了偏移，我努力想纠正过来，但她从我的眼前走过时，我刚刚张开的嘴瞬间合拢了，我选择了沉默。

晚饭过后，我掐了自己的肌肉，告诉自己已经开始涉入不可自拔的深渊，如果她再来，我定不轻饶。我告诫自己。

而她却不请自来。轻视我、不知足，是我对她的最佳评价。

而她可怜的目光竟然成了一道通行证，我又一次让她逃之夭夭。而这一次，我选择了跟踪，如果她真如我所猜测的那样，一贫如洗，此事也就不了了之；如果她是个职业小偷，以恶惩恶是我的职业敏感。

她的家在一个偏僻的拆迁房里，婴儿的哭声震耳欲聋，她着急地迈入门槛时，竟然差点摔倒在地。

我有一种欲哭无泪的感觉，回到超市时，依然心绪难平。

在她第三次依然故我时，被主管发现了，而我却装作毫无察觉的样子，等到她终于平安无事时，我长出了一口气，但我却读到了另外一种疑惑的目光。

我交代了所有实情，她的家境，包括她可怜的婴儿，她形影相吊，她孤身一人，我将所有理由摆在了桌面上，主管骂我糊涂，他说：“你以为超市是民政部门呀？我们是以盈利为终极目标的，你糊涂呀，大好的前途，本来要提你当经理的，这可好，如果传扬出去，老板会认为我的管理有问题。”

我被解雇了，但我不后悔，谁说职场中不需要善良？我要求从我的工资中扣除了三袋奶粉的钱。

一周之后，我正在蜗居中借酒浇愁时，老板竟然意外家访，难道又是兴师问罪？我感到祸从天降，但又一想，我已经埋单了，能奈我何？

老板竟然是过来邀请我回超市的，我不知所以然。

在超市的全体大会上，老板公开宣布任命我为超市的副总经理，主管超市日常所有事宜。他说道：“你的善良是一种良好的口碑，善也是一种投资，它虽然短期无形，却可以为我们带来利润与财源滚滚。”

后来，我才知道了消息：那个妇女，知道因为自己的事情我被辞退后，抱着孩子，握着表扬信在超市门口宣传，她的表扬引来了媒体关注，顾客们知道超市里竟然有如此善良的员工后，纷纷选择了在超市购买日常用品，一时间，顾客如云，好评如潮。

老板让我发言，我拍着胸脯道：“善良是一道无形资产，是世间最美的爱，相信善良，相信我们自己的眼睛，善良是世间一本万利的投资。”

我做了上任后的第一件安排：聘请那位偷东西的大嫂，到我们超市当保洁员。

故意错过的美好时光

(1)

正是在关键的冲刺阶段，我的胃炎发作了，而在当日，我们学校不远万里聘请了一位年过半百的资深老师为我们做人生的规划，这是千载难逢的好时机，而我则以一次致命的生病事故离题万里。

我根本没有暴露自己的伎俩，因为我是想故意错过那天的遭遇，因此，我拼命喝凉水，埋汰自己，终于将自己搞得一病不起。我害怕见生人，更怕他们打乱我自我设计好的人生前途，我更怕发言，尤其是资深的字眼深深地触痛的神经。

那个年代，甚至没有视频与录音，我只是在回校后，听到他的余音：他的演讲发人深省，他以前当过逃犯，对人生有另辟蹊径的理解。

我们没有想到，他的一次演讲竟然可以触动几个少年的勉强之心。几个要命的孩子，没有学习到他演讲的精髓，竟然剖析了他逃犯的生涯，他们将自己的人生轨迹进行了重新安排，开始变本加厉地疯狂逃课、游戏人生。

一堂课，看人如何理解，有正面因素，也会有负面影响，但我庆幸错过了那堂课，因为我天生萌动，后来几个家伙拉拢我，为我讲解人生的反复无常与苦短，让我尽早行乐，我一一拒绝了，我没有得到那些可怕的情愫，我有苦闷、有哀乐，但我知足，我不知道发泄自己的方式。

而他们呢，租了车，去了省城，请那位教授喝得酩酊大醉，资深教授在醉后一一向他们讲述了自己可怕的过往，他以为对孩子们是一种警示，因此他肆无忌惮地将历史当成了爱来讲。

10年之后，我再回农家大院时，学校早已经在城镇化的潮流下面目全非，那个传达室的资深大爷，向我倾诉后来的事情：几个家伙，杀进校园里，将以前批评过自己的校长捅伤，逃之夭夭。

我不能说自己庆幸，因为生命中许多事情，错过的不一定是最好的，也不一定是最坏的，那天听课的人不计其数，而踏上不归路的也就是那么几位，这与性格、脾气与受过的教育有关，更与兴趣有关。

那段故意错过的时光，竟然成了挽救我生命之桥的契机，而那段可怕的装病经历，更让我明白活着的意义。

(2)

21岁那年，我错过了一段相亲时光。

对方不知道是谁？媒妁之言，让我家的门槛踏破了补，补了又破，源于我的自负与俊俏，我的爱情并不顺风顺水，母亲为此白了头，哭成了泪眼。

由于成了常态，那天，我故意装作身体不舒服，而在一里以外的镇上，一场相亲大战刚刚拉开序幕。

媒人厉害，竟然安排了三场相亲，独我没有到场。

据说姑娘哭成了泪人，听说媒人对我耿耿于怀，发誓诅咒让我的下半生形影相吊。

我的借口十分轻松，装病，人吃五谷杂粮，谁能保证他不生病？

但后来却后了悔，因为，我旁敲侧击地知道了那个女孩的确切消息，居然是雅子，我从小便暗恋的对象。

而我得知这个消息时，雅子早已经成为人妻，我后悔不迭，为此郁郁寡欢了好长时间。

雅子的男人身体脆弱，不经风雨，我甚至认为她掉进了火坑里，没有将自己的爱亲手送给她，我感到人生如戏。

几年时间，我入城、结婚生子，直到人到中年。

忽然回乡，高楼林立，才知道了雅子的幸福。雅子有一段时间一直为男人煲中药，中药硬是治好了男人的病，男人事业有成，5年时间，便成了首屈一指的富翁。

雅子经营着自己的店铺，笑不露齿，不显老，不臃肿，好一段美好的春光。

我远远地看到了她，不敢说话，我害怕自己的落魄纠结一段原本美好的旧时光。

如果她嫁了我，恐怕会进城，恐怕会在蜗居中艰难度日。故意错过的美好时光，成全了别人，我理解，我庆幸，毫无懈怠之心。

总有一段时光，会从我们的手中溜走，成雾，成蝶，成烟云。时光是用来消费享受的，虽然它不是卖品，更无法用金钱形容、埋单或者买醉。无论是酸涩，抑或坚强，我们都应该庆贺自己遇到了，爱过了，或者根本就是一个简单的路人。

爱是心送给世界的自动回复

我蜗居在一座简易的平房下面，心苍凉梦犹在，由于失恋失业，一病不起，每日盯着窗外的残光勉强度日。

过了几日，身体好了些，便支撑着下地在电脑前码文字糊口，此时，窗外却传来叮叮当当的声响。

隔着玻璃窗，我看到了一群农民工，正在一片空地上盖房子，他们热火朝天的劲头与我正成反比。这样的场景在中国遍地开花，俯拾即是，房地产似乎成了推动发展的唯一动力。

这些本来与我无关，我的目标是在文字的海洋中萌芽、开花和结果，但他们的动静实在太大了，有规律的声音倒可以接受，比如说号子的声音，铿锵有力，我就是无法忍受其中砖与砖撞击的声音，直至心扉深处，将我所有的灵感统统撞击成血成海。

我在屋内歇斯底里地毫无灵感，我甚至想冲出去与他们理论，本来我对他们成见颇深，这样的无素质加深了我对他们朴实印象的怀疑。

为了不暴露自己，我隔着小窗对着外面大声呼喊："兄弟们，声音能小点不？那位兄弟，你拿砖时，撞击出来的声音太难听了。"

一介文人，有如此的力度呼喊出来，不是愤怒到了顶点，恐怕没有这样的勇气可寻。

声音陡地降了下来，仿佛和谐与污染就是一墙之隔，有个首领模样的人走过来，朝着我张望，似乎才发现这儿一座如此简陋不堪的房子里，居然住着一个生物。

他们只将声音压抑了片刻之久，在我的文字第二段刚刚起锚时，声音便隔空重新传来。

我冲了出去，后面空旷的土地上，十来个农民工兄弟，有说有笑，仿佛再多的烦恼与他们毫无瓜葛。砖与砖撞击的声音出自一个小个子兄弟手中，他不在意，信马由缰，手与心并没有融合在一起，因此，思想并未决定他手中行动的质量，砖一块块摞起来，发出的巨大声响，有时候他自己也觉得难堪。这是个涉世未深的年轻少年。

我的目光炯炯，有一种报仇的欲望，他看到了我，小心翼翼起来，终于，他能够将砖放平稳了，但动作却慢了许多，这样会影响效率的，会跟不上工程的进度，他一脸无奈地冲着我笑，直至我毫无声响地消失在他的面前。

一直到傍晚时分，砖与砖撞击的难听声音并未真正地响起来，偶尔会有觥筹交错，也是短暂的如烟如梦。

傍晚时分，他们下工了，躲在一处帐篷前吃饭，啤酒的香味传来，我有一种想一醉方休的渴望。

我走到那个少年的工装前，蓦地发现了一处场景，砖与砖之间，竟然放着几块与砖一样大小的塑料模板，我知道为什么那种奇怪的声音不再产生的原因了，他为了不惹麻烦，在每块砖之间接触时，都垫上了这种模板，减少了噪声。

我的心蓦地一动，一种久违的感动不由自主地占据了心灵的制高点，这样一个微小的细节改变，让我不可一世的心灵突然间柔软起来，我甚至为自己刚刚破坏了一颗善良的心感到内疚不已。

他出门招呼东西，竟然看到了我，拖着我进入工棚里，啤酒一瓶，无须酒杯，瓶身相撞间，所有的不快还了恩，泯了仇，酒入状态后，双方搂抱在一起。

以后的日子里，下雨时节、下班时刻、包括午休时，我的小屋成了他们的天堂，我慢慢感觉到：做一些无聊的文字游戏，远没有与一帮好兄弟们待在一起把酒言欢来得痛快淋漓。

每个人都有一颗柔软的心灵，爱与心相触，心与善相合，爱便成了心送给世界的自动回复，它让强者强、忍者坚。爱加上一层爱，便是大爱，便是苍生宇宙与华夏苍生。

第三辑

一万次的单调，才可以直抵骄傲

一万小时理论已不新鲜，然而没有什么繁华不是经过荒凉培育的，就如同没有什么人能不经过单调的付出，直抵骄傲。滚烫岩浆在地底百万年地暗涌，才能在某天喷薄而出，厚积薄发的道理谁都懂，然而并非所有人都能忍受那一万次重复的劳作。

将每一份爱情跟踪到天荒地老

瑞士伯尔尼有一家经营百年的婚介公司，他们的服务十分别致，从恋爱时开始跟踪，进行恋爱方面的培训，婚前要进行公证，双方签署经过国家认可的婚姻协议，婚后要定期派人跟踪婚姻状况，提醒双方及时发现沟壑，并迅速纠正，以免得婚姻进入白热化。

每一对男女的爱情，他们都建立了详细的档案。包括双方的生日，双方的性格，并且针对不同的人，制订了详尽的应对方案，比如说男方忘了女方的生日，在生日的前一天，男方的手机和邮箱会同时收到一封温馨提醒邮件：您该为爱人送一束花了。

婚介公司的收费并不高昂，是按年收的，大概每年200欧元，需要至少持续40年时间，如果过了40年，你的爱情仍然坚挺，那么，你就可以免费享受余下的跟踪服务了。

伯尔尼百年婚介的老板叫卡桑奇，是一位地地道道的瑞士人。1915年，欧洲正处于一战的阴影下，瑞士虽然是中立国，但人心涣散，不幸事件频仍，尤其是家庭暴力不断发生，年轻人渴望婚姻，却不敢奢谈爱情。卡桑奇的婚姻也经历了不幸，爱人与一个小混混私奔后，带走了他的大部分财产，卡桑奇一贫如洗。

一战期间，卡桑奇在一个朋友的帮助下，大规模地倒卖军火，一战结束时，他已经成了屈指可数的富翁。但他却经历了一场大病，劫后余生，卡桑奇认为这是上天的报应，因此，他决心用余生做善事，他首先想到了爱情和婚姻。

1916年，全欧第一家婚介公司成立，帮助人介绍对象，不收费用。战争的阴霾刚刚过去，许多年轻男女们渴望爱情，因此，卡桑奇的公司在不到一年多的时间里，帮助一百多对青年男女喜结良缘。

但问题又出现了，婚介公司不负责婚后的生活，结婚后，婚介公司便结束了自己的职责，更多的问题发生在婚后：不信任，争吵，以至于拳打脚踢，缺乏沟通，没有人在中间劝架等棘手的问题让卡桑奇痛心疾首，他不得不延长并扩大了经营期限与范围，但只收取少量的成本费用。

经历了百年沧桑后的伯尔尼婚介，已经总结出了一整套详细的与时俱进的好方法与好案例，他们的目标是将每一份爱情跟踪到天荒地老：婚姻中出现了摩擦，便会有人到门调和；如果出现了家庭暴力，受害方首先想到的不是警察，而是伯尔尼中介；婚介公司还为每一份爱情办理了保险，保险的条款十分新颖，婚姻越长久，享受的福利会越大。

因此，伯尔尼婚介保持了百年前的原貌，古老的办公场所，工作人员穿着古朴典雅的衣服办公，不用计算机，手抄本才能够体现爱的伟大，就连档案仍然延续旧时的风貌。

其实，爱情与婚姻也是一种产品，也需要维护与精心保养。金银也会贬值，世上并没有永远的财富，但只要双方愿意，百倍呵护，相敬如宾，却可以产生永恒的、天荒地老的爱情。

安静的折磨

噪声已成为世界的公敌，向往安宁、祥和的生活氛围，似乎已经成为世界的正统。因此，许多服务性机构或者公司，为了迎合顾客静默的需要，开始强制在公司规定或者执行条款中增加静音的要求。不仅如此，在一些公众性场合，比如说候机大厅、停车站等地，也采取了相应的措施降低噪声。

印度孟买机场，自称是世界上最安静的机场。除了飞机的轰鸣外，你甚至无法听到高跟鞋与地板的摩擦声，因为地板不是普通的大理石，而是白蜡，可以消除噪声；候机大楼的设计保证不准产生多余的回音，不是高悬的建筑，而是理性化的柔软与低矮；取消了广播，所有的旅客必须密切地关注着显示屏，因为你一旦在排椅上进入梦乡，就有可能错过航班；还有，对于候机人员，有硬性规定，不准说话，你可以将话烂在肚子里，如果亲戚朋友之间沟通与交流，必须到专用区去，那儿声音也控制在20分贝以下，否则，一旦你高声语，自助警察会让你陷入“万劫不复”之地，不仅面临着高额的罚款，更有甚者，会被取缔本次旅行的资格。

开始时，许多人认为这样做会影响孟买的旅游业，因为来这儿旅行的人多是中国人、美国人，他们喜欢高谈阔论；还有专家说道：声音是要适度发出去的，一旦过多限制，会失去理性。而孟买当地议会却强制执行了这项法律，因此，孟买机场被标榜为世界上最安宁的机场。

但这项规定，却在2012年8月初遭到了前所未有的挑战，起因是一个刚刚招聘的服务人员，患有耳疾，不得不大声说话。他的出现，打断了孟买长达两年的沉默，很快，他被警察带离现场，而他在被带走时，一段极富煽动性的谈话显然成了一场暴动。

这个叫帕里斯的40岁男人吼着：不人性化的措施，长久的沉默，会让人发疯，三天不练口生，你们还会说话吗，还具有人的本能吗？

一个小时后，一场规模空前的暴动发生了，机场的服务人员大声叫嚷着，旅客们也重新找到了自我，狭小的机场空间，立刻被爆炸的声音湮没。当天的暴动，导致现场六个航班延误，所有的服务人员罢工，旅客们罢飞，他们的条件十分苛刻：释放帕里斯，他是英雄；恢复原有的允许谈话的法律。

孟买当地警方协调了好长时间，才勉强恢复了安宁状态。但孟买机场的生意却斗转急下。许多旅客不愿意从孟买机场中转，外地来的旅客宁愿花费更长的时间坐火车，也不愿意忍受这样一项不可思议的规定。一位妇女接受《孟买日报》采访时说道：这是一种煎熬，要知道，我是一位演讲家，我是来印度演讲的，我无时无刻不需要训练，哪怕是与人吵一架，也是一种哲学，而在这儿，简直就是人间地狱。

孟买机场由于失去了竞争性，被迫关闭三个月时间，直到2013年3月，经过孟买当地议会与来自全世界的有关专家们商议后，取缔了在机场里保持静默的规定，但仍然不准高声说话，不准影响别人的生活。

这样的决定是人性化的，也是英明的，孟买机场重新恢复了安宁，许多人在那儿窃窃私语，候机楼的广播在小声播放着音乐，里面会有广播人员插播最新航班信息，好一番太平景象。

过度安静也是一种折磨，任何事物不要走极端，物极必反是一条颠扑不破的真理。

造出来的美丽

一盏简易的戏台，如灯匍匐于夜空，如电划过小巧玲珑的庭院。不是城市里的简单复制，工艺虽不复杂，但情感却比天大；更没有多少戏子们，一男一女全是主角。

这样的场景刻画在一对老年夫妇身上。妇人有病，忘记了以前的所有，唯独记得自己幼时是个戏子，粉墨登场，一脸烟水地描述着世事无常。

老人花费了大半辈子积蓄，想拉老妇人从旧日的时光中苏醒过来，因为他答应她的，将前半辈子受的苦折算成福，让她享尽人间天伦。

眼泪已经不能证明一切，她不懂，不吃他做的饭，当他是路人。两个人的角色互换过来，以前他安心地享受着她做的美食，现在他进了厨房，上了厅堂，将她当成了糖与宝，每日里小心翼翼地召唤，像初恋情人般地守候。

他告诉邻居们：老了才知道爱的珍贵。

老人突发奇想，在院子旁边的平台上，建了一座戏台。台子小、窄，但足够容纳下妇人的弱，借来的旧家什，锣声开道、唢呐声音从录音机里传来；妇人花枝招展，花是从树上折下来的桃，枝是悄滋暗长的柳，盏是灯盏，映衬着不年轻的容颜。

路人有时会驻足观看，所有人都知道他们的故事，掌声是送给她的最好礼物，不需要呐喊，古人唱戏时会全身心投入，更不用信誓旦旦的虚伪，也无须献花，所有的注脚始于掌声，终于掌声。男人是观众兼职导演、编剧，他一点点地推进她年轻时候的故事。他不知道什么时候是终点，但他只寄希望于明天和未来。

危难时刻的舍与取

小镇安静地坐落在一座小山后方，一条盘山公路偎依于前，印证着一种原汁原味的淳朴与善良。

小镇缺钱，商业不发达，男人出外打工居多，老人、妇女与儿童镇守着半边天。

一辆商车，被晨雾迷了路，跌跌撞撞地闯入盘山公路上，司机转了向，迷了路，更可悲的事情发生了，车迎头撞在巨石上，血流如注，成群的商品：食用油、方便面，散了一地。

情况紧急，毋庸置疑。一位老人率先得知了信息，吆喝着赶了过来。

离最近的医院 120 公里，一辆破旧的三轮车，疯狂地向医院赶。

为时已晚，司机当场已经毙命。

一地散落的物资，还有司机驾驶室里留下的 3 万元巨款。男女老少们将车围住了，成立了一个临时看护小组，物资不是咱的，一个都不能拿，钱更不是咱的，分文不能取。

三日后，卡车司机公司派人处理善后事宜，商品一个没丢，钱丝毫不差。

公司代表从一大车的物资中取出了若干物品，奖励现场的乡民们。

摆手，示意他们快走，没有语言，只是在收拾他们自己设立的临时帐篷，前一日下雨，几个乡民被淋成了落汤鸡，没有怨言，这是一种职责。

舍与取，也是一种大义，在顷刻间如一朵花绽放得淋漓尽致。该取时则取，这是一种原则；不是我们的，原物奉还，这更是一种道义。

道义高于金钱。

可以宣泄的酒店

浮尔餐厅坐落在依山傍水的风景名胜区，却门可罗雀，餐厅老板浮尔先生像其他餐厅老板一样，准备歇业整顿，查找原因。

正常来说，游客不少，来吃饭的人应该是络绎不绝，但风景区周围的几家饭店生意却出奇地差，浮尔查找了原因，最后目光锁定在一处脏兮兮的标志物前面。

那是风景名胜区的标志性建筑，不知从何时起，许多游客选择了在上面留念，例如，某某某到此一游、我恨死了某某人等。

管理处本来专门派人来清理上面的残迹，但一名管理人员的步伐无论如何也跟不上游客的恶作剧，这处标志渐渐地布满了难看的笔迹，在山下看来，简直成了一处不和谐的风景，近处看，苍蝇横飞，恶心感十足。

浮尔与几个饭店老板找了管理处的领导，要求他们将此建筑拆除或者是清理干净，因为这影响了大家的生意，在苍蝇乱飞的地方，如何有心情去吃饭。

管理处的领导无奈地摊摊手，表示自己无能为力，他对浮尔说道，如果你们愿意要，我双手奉送。

风景区只剩下浮尔一家饭店，但宣泄的人群依然故我，每逢路过这处风景区时，口香糖会隔空吹来，厚厚的笔迹上面，沾满了劣迹斑斑的口香糖和残迹，这儿简直成了动物们乐此不疲的天堂。

浮尔开始动手清理，但他花费了几个月时间，依然没有彻底整理完毕。某日，一个游客见他虔诚，过来帮忙，对浮尔说道：“现代文明人需要有一个宣泄的地方，你清理完毕也无济于事的。”

一句话提醒了梦中人。宣泄的地方，开一家宣泄酒店，选择最极端的菜，将这座建筑物列为宣泄的对象，但要清洁，杜绝传染隐患。

浮尔喜出望外，停止了对标志的大清理，而是选择用消毒水消毒，用大型的铁丝网将标志封锁住。一周时间，清理了苍蝇难题后，他开始在饭店上下功夫。推出了最辣的菜、最咸的菜、最淡的饭、最难看的菜等极端菜系，选择的服务员也是参差不齐，老的大约 80 多岁，浮尔请来了自己的父亲，小的年纪 10 余岁，一切从极端开始，一切从顾客的宣泄处着手。

世界上第一家可以宣泄的酒店在伦敦泰晤士河畔开业了，打出的广告也与众不同：这儿可以宣泄，可以让你扫尽阴霾，重新找回自我。

本来游客就不少，一看到如此有创意的酒店，双脚便情不自禁地踏了进去。自由选择，辣得有滋有味，全是从南美进口的辣椒；咸得口是心非，让人觉得痛快不已，再喝上最凉的可乐，简直无与伦比地畅快；吃完饭后，口香糖免费赠送，可以在标志前任意挥洒自己的心事，骂某某人，说自己的重重心事，或者是将政治骂得体无完肤。

不仅如此，半年时间后，浮尔扩大了经营范围，在标志性建筑的前面，专门设立了宣泄墙，与标志相邻而居，一道宣泄墙写满了，又一道墙拔地而起。这儿也成了独特的风景线，成为风景区重要的一部分。

浮尔抓住了现代人心灵浮躁的特点，不仅免费拥有了标志性建筑及地皮，而且创立了特立独行的宣泄酒店。他的成功，幸运固然重要，但契机与智慧的眼光同样不可或缺，许多人选择了逃避，但浮尔却用自己的聪明能干不仅让自家的饭店起死回生，同时成为风景区无法淘汰的风景线，的确具有与众不同的眼光与才智。

一份迟到的请柬

一个年仅4岁的小姑娘卡莎，特别喜爱007系列电影，他尤其喜欢007的第六任扮演者丹尼尔先生。卡莎在网上浏览时，竟然意外地发现了丹尼尔在伦敦的家庭地址，小姑娘异想天开地给丹尼尔先生写了一份请柬，邀请其参加2009年由自己组织的圣诞晚会，地点就在圣皇街31号，这儿是自己的家。

信从曼彻斯特发出去后，却石沉大海，小姑娘并不知晓，丹尼尔先生在伦敦的房子早已经出售，也就是说，她发错了地址。

但卡莎却天真地告诉小朋友们与自己的父母亲，在圣诞晚会上，兴许会有惊喜出现。

为此，她做了好长时间的准备工作，卡莎邀请伙伴们进行了化妆，扮演了007电影中的一系列角色。她要好的朋友卡特走漏了消息，丹尼尔要来做客的消息不胫而走，吸引了无数小朋友光顾卡莎的家中，宾朋爆满，一些媒体记者也蜂拥而至。

当晚的宴会十分隆重，卡莎是小主持人，与卡特一起主持节目，现场一片欢腾。

直至子夜时分，圣诞节已经到来了，丹尼尔先生却爽约了。许多人觉得这是小姑娘的恶作剧，不过是为了吸引人的眼球罢了。媒体记者对她的表现十分不满，在接下来的几天时间里，许多小朋友视卡莎为说谎的恶魔。

父亲劝慰卡莎：你并没有对外宣布丹尼尔先生会到来，因此，你没有说谎，你并不需要对此事负责。

童言无忌。许多人一笑置之，他们参加宴会本来是为了快乐而来，至于能否见到007，不影响他们的快乐因子。

小姑娘郁郁寡欢了好长时间，她觉得丹尼尔先生不过如此：你无法到来，也可以写封信表示歉意呀？

因此，她执着地给同一个地址写了十几封信，但依然杳无音信。

时间一晃便是三年，小姑娘亭亭玉立，读小学一年级，他现在已经不喜欢007电影了，或许是与那次爽约有极大的关系吧，不仅如此，那件往事也影响了她的自尊心与性格，她现在不爱说话，性格内向。

2012年的圣诞节来临前夕，卡莎的小伙伴卡特竟然找到了她，要求重新置办一次圣诞宴会，卡莎表示反对，卡莎的父亲却答应了卡特的意愿。父亲现在是一家公司的总裁，广交四海宾朋，他布置了规格较高的宴会现场，邀请了一些社会名流参加，要求小朋友们精心准备节目，并且承诺，会给卡莎一个意外的惊喜。

卡莎对父亲送给自己的礼物早已经麻木，她不觉得会有什么惊喜出现，但至少，她可以好好地快乐一阵子了。

宴会依然由卡莎与卡特主持，卡莎多了几分成熟，说起话来有板有眼的，节目表演得也是水到渠成。

宴会的最后，007突然间出现了，丹尼尔先生卸掉了行装，意外地出现在卡莎面前。他激动地与卡莎握手，并且现场向所有的小朋友们表达歉意：由于自己的地址更改，竟然错过了与一位天使的邂逅，现在，我与卡莎等小朋友已经成为莫逆之交。

原来，丹尼尔圣诞前夕，去伦敦参加公演，现有房屋的拥有人转交给他一大批影迷们的来信，大概有几千封信，丹尼尔草草地浏览后，卡莎的请柬与来信引起了他的高度重视，当他看到后，发现由于自己的失误，导致一个小姑娘的性格扭曲时，他十分在意地到了曼彻斯特市圣皇街31号，找到了卡莎的父亲，与他共同导演了一场迟到的圣诞晚会。

一份迟到的请柬，由冬日轮回到春天，穿插着快乐，演绎着温暖与关爱。

由下往上的拆楼法

日本首都东京，标志性建筑“赤坂王子酒店”大厦，始建于1912年，高138米，已经有百年的建筑历史，由于年久失修，不得不接受拆除。

竞标公告贴出后，许多建筑公司前去参加竞标，因为楼高建筑面积大，吸引了无数的公司前往，就连欧洲的一些公司也报名参加竞标。

就在竞标的当天，日本国会新加了一项硬性条款：由于地处闹市，行人众多，不得使用爆破、铁球撞击等传统意义上的方法，不得妨碍公众的行走。

这个条款几乎吓退了所有的竞标公司，因为按照国际惯用拆楼方法，只能使用由上往下的爆破与撞击方式，这样势必要方圆500米的地方戒严，同时，行人不能穿越这块闹市区。而大厦地处日本商业区，旁边建筑林立，游人如梭，国会正是考虑了人性化的需求，才加了这个硬性条款。

当天的竞标没有实质性进展，由于条件特殊，许多国家的建筑公司知难而退，只剩下日本东京的一家小型拆楼公司。

这家公司叫大成建筑，它的老板叫赤桑子，是个刚刚毕业不久、涉世未深的大学生，他喜欢建筑艺术，公司也建立不久，由于恰逢金融危机，他的生意门可罗雀。

赤桑子与自己的工程师星夜兼程地计算着其他方法，他们首先考虑在大厦的周围装上警报标识，并且疏导行人远离，但这个措施很快被排除开外，因为大厦的东方与西方，只有一条窄长的胡同，如果堵塞，将会引起大堵车，行人需要多绕行10余公里的路程。

传统的方法全是由上往下，如何由下往上拆除，绝对不会引起动荡。赤桑子灵机一动，与工程师们日夜计算可行性，一周后，一份内容翔实的竞标报告放到了东京市城管局领导的桌上。

赤桑子采用的方法是最先进的“缓降拆除法”，先用千斤顶撑住楼层，再由低向高逐层进行拆除，大部分工作只需要在楼层内部进行，从外面根本看不出施工的迹象，只能看到大楼一层层地陷入地里。虽然这种拆除方法进度缓慢，但是最大限度地减少了粉尘、噪声对周围环境的影响。

6个月时间，这座大楼夷为平地，大成建筑公司也开启了拆除楼层方法的一个新时代，公司声名鹊起，由于掌握了这种最先进的技术，生意出奇地火爆，前来邀请他们拆楼的公司不计其数，就连美国国会大厦，也盛情地邀请赤桑子先生前去指导国会大厦的拆除工作。

逆势而为，本身就是一种出类拔萃；别人不敢想的，也许正是技术的突破点，正是出奇制胜的商业法宝。大成建筑公司成功的案例告诉我们：打破传统技术，开发新型工艺，才是将来企业可以成功的诀窍。

为了爱，得罪上帝

这是一家小型的餐馆，一度经营不善，老板塞浦的孩子站在餐馆门口，仔细盯着每位顾客的脸。

“先生，您不能点甜食，我们餐馆不能提供您这样的食物。”孩子天真的脸上写着吉祥。

“为什么，我生平最爱吃甜食，你们这餐馆是怎么搞服务的？”那位先生一脸郁闷。

“您如此肥胖，有糖尿病吧？我们是为您着想，您不能吃，否则，我们可以拒绝您就餐。”旁边的老板塞浦先生补充道。

肥胖先生想了想，他想起了妻子的千叮咛万嘱托，便乖巧地听从了老板与孩子的介绍，那一餐，他吃得虽然少，但十分舒心。

这是一家微型的餐馆，在纽约市，地皮如石油般昂贵。餐馆推出了健康型的服务理念，但这样做会得罪顾客。

比如说一位有咽喉炎的患者，他平日里嗜辣如命，塞浦先生没有在他的菜里加一颗辣椒，他吃着无味，便不准备埋单。

尽管塞浦先生从健康的角度进行了解释，但依然无果，他要求加入辣椒油，否则这顿大餐将不给予结算。孩子的回答铁骨铮铮，他指着墙上的忠告说道："我们是为您的健康着想，您不是所有的菜都可以吃，都可以为所欲为，如果这样，先生，您请离开这儿吧。"

全纽约都在议论这家奇怪的餐厅，为了所谓的美其名曰，竟然得罪了顾客这样的上帝，一时间，众说纷纭。

《纽约时报》记者走进了这家餐厅，她正在减肥，因此，她点了一些青菜，塞浦的孩子提醒她："女士，您的体重偏轻，会影响健康，建议您食用一些肉食。"

旁边的台秤证明着孩子非凡的眼力，记者感觉有一种温馨感，她满意地食用了一些肉食，虽然这会增加她的体重，但她乐此不疲。

老板塞浦先生本身就是一位出了名的西医，因此，没有哪个人的健康问题能够逃得过他的法眼，这样的餐厅，顺理成章地食客如云。

在这儿，你不必担心你过量食用某种食物，因为塞浦先生的配餐是按照体重与健康考虑的，您如果没有吃完，证明您的身体已经出现了问题，如果您不够吃，那也没法子，因为这家餐馆会提醒您：您只能吃这么多。

"为了爱，情愿得罪上帝，这是我们的宗旨。"塞浦先生对远道而来的一对老年夫妇说道。

每一位顾客都是上帝，爱与健康比上帝更重要。这样的经营理念，不仅赢得了所有顾客的青睐，不想发财，都难。

慢的城

现代化社会，人们的生活节奏加快，无暇欣赏途中的风景；金钱意识浓厚，亲情爱情观薄弱，快速增长的经济与人们的幸福观恰好成反比。

在美国费城，有一个叫丁夫的年轻人，他拥有一片76亩大小的古宅，宅内古色古香，多是百年前遗留下来的财产。按照常规，他应该将这片房子出租出去，安享太平，但他没有这样做，他针对现代人们节奏快的缺点，创造性地建立了世界上第一座“慢的城”。

节奏慢是这座城堡的最大特点。如果你是游客，从进入城堡那一刻起，一定要慢下来，思维慢、步伐慢，两边的风景尽收眼底，如果你的速度超过了监控的速度，你将会被提醒三次，三次后，你如果依然故我，将会被服务人员清除出境。

吃一顿饭，一份菜需要制作一个小时，不用现代化的电磁炉、煤气灶，而是传统的烧制工艺，这样煮出来的饭菜才有益于胃部的消化和健康。

慢电影也具有独特的风味：船行驶在画面上，十分钟后，它才移动约一米的距离，不必发火，发火可不是这儿的味道，心灵栖息下来，让饱经风霜的自己，享受一次慢节奏的生活。

慢故事也别出心裁：一场恋爱，谈了半个世纪，这样的爱情，恐怕会让人在潸然泪下的同时，替主人公捏一把汗吧，因为时间苦短，用半个世纪去恋一场爱，这样的爱情，一定沉淀得通透、晶莹。

亲情的味道也别具匠心。向父母献茶，是必要的流程，茶要用心烹制，有烹茶比赛，看谁的茶烹得久，烹得香，如果父母喝了赏心悦目，你一定会得到一份大礼。

一条慢速运行的火车，绕着城堡行驶。周围是花、是树、是叶子向你和自己微笑，窗户开着，有风吹进来，火车中的游人们，笑容满面。

酒是必需品，不能过量，酒要品，不能灌，酒是慢酒，劲头来得慢，香味十足。

本来只是想体现自己的观点而已，令丁夫没有想到的是，这儿竟然游人如织，媒体竞相报道，许多在现代快速生活中深受其害的人，在周末时分，会预约几张票，与家人一起，来这儿安享一份难得的静谧时光。

“慢的城”，不仅设想特立独行，而且迎合人们渴望回归自然、回归自我的需求，任何建立在人性化基础上的创意，一定会取得意想不到的成功。

“慢的城”，像一台时光留声机，更如一盏穿梭时光隧道的航标灯。

出卖善良

在街的一角，我看到了一个年轻的孩子在出卖自己新写的书，书的名字叫《出卖善良》。我是个惜才如命的人，因此，自然而然地便凑了过去。

年轻人大约20多岁，满脸浮尘，显露着江湖苍白。我知道他如我年轻时候一样地单纯，知道可能他捉襟见肘，因此，我早早地将一层怜悯的心态照耀在他的身上。

他说话的语调十分低沉，自卑且无力。我翻看着书的介绍，内容十分浅薄，大抵写了少年时候的一些往事，但可以看出，字里行间流露着对生活的热爱与执着。

我有一种想全部购置的冲动，年轻人把握了我的心理，开始介绍自己可怜的身世，包括自己小时候将善良出卖的故事，我听得有些语噎。

没有人问津他的感受，妻子在旁边数落着我嗜书如命的酸腐，我给他谈价格，一口价全部要走，我想可以将这本书介绍到图书馆里，这在我的职权范围内。

他拼命搂着原先的价格，执拗的性格让我想起了自己年少时的影子，知识是无价的，我掏出了几张百元大钞，如获珍宝似的将书带回到家里，那边是年轻人收拾行装打马回家的场景。

书摞到了家里，像座小山似的，接下来由于琐事耽误了，我竟然差点将书的事情忘到九霄云外。

接下来，联系图书馆，招呼人过来取书，我忙得不亦乐乎，喝了几杯啤酒，竟然有了一种想培植文学新秀的想法。

图书馆的同志翻看着新书，脸上却一脸木讷，我过去问时，他竟然笑道：古老竟然也会上当，这些书是盗版的。

我不以为然：盗版的不一定全是坏书，正版的书有时候人不一定爱读。

他接着往下看时，竟然叫出声来，我闻声而去，看到了书中间的内容，然后我跌坐在地板上。

书的前面写得好好的，印刷还算得体，中间开始，要么是空白页，要么是黄色不堪入目的内容。

我忽然有一种被捉弄的冲动感，我想找到这小子，打他个满地找牙。

我没有找到他，他也羞于见我，我将这些叫《出卖善良》的书统统烧掉了，省得它祸害他人。一个连善良也要出卖的人，他的灵魂也早已经荡然无存了。

这世上有些东西是根本不敢出卖的，比如说感情，还有善良。

种下桂花，才能俘获吴刚

每个人心中都有爱的库存，有些爱为自己准备，有些爱是为他人储蓄，这世上，不存在无爱的人。

人生悲哀的是，倾尽一生，储蓄了太多的爱为自己，任它们四溢横流，我们却把握不准库存与容量。

一个男子，娶了一房妻子，自由恋爱的结果，他们认为媒妁之言早已经过时，相信自己通过努力可以修成正果，也答应两个人相濡以沫地过一辈子。

婚后，他产生了失望，无法找到真正的爱情，两个人分分合合，争吵是每天的常态，他哭诉，找到心爱的朋友倾诉衷肠。这世上，没有几个人是爱情专家，哪一份幸福都是从风雨里飘摇过来的。你一言我一语，乱了方寸。酒后言乱，禁不住失声痛哭，旁边一位老者，认真倾听着他们的呼喊，末了，他站起身来，问他："你种下爱了吗?"

几乎所有人哑口无言。是的，你种下爱了吗？爱也是生灵，需要种子，你光想着收获一份缠绵到老的爱情，你了解她每天奔波的苦楚吗？掌握她身体的疾病吗？一味地索取，自己早已经丰腴肥硕，你知道你所爱的人的情感世界吗?

有时候，一句话便可以让人顿悟，让人醍醐灌顶。你要面对的是世间最神圣的爱，它不是一件玩物，它是云、是花，它需要自由、需要圣洁。

一个老花匠，讲述他种植桂花树的过程：

那时候，他还是个年轻的匠人，不可一世、玩世不恭。

桂花园里，成排的桂花树，花匠倾尽了心血，但桂花却无一存活，等到8月时，桂花树早已经奄奄一息，没有迎来香飘千里的壮举。

花匠心急如焚，来年时，他悉心照顾，却得到了同样失败的结果。

花匠决心放弃种植桂花树的梦想，如果不能成功，选择失败又如何？

一个年迈的老者，前来采购他种的鲜花，看到了成排的濒临死亡的桂花树后，他笑了起来："桂花抗寒抗热能力差，先要在温室内种植2~5年，待其长成中苗后，再移栽。哪一个亭亭如盖的桂花树也无法躲避自己的特性，这是它的生命规律。"

种下桂花，才能俘获吴刚。爱情就像桂花树，如果不细心呵护，只是随便地轻描淡写，你不可能收获8月桂花的软玉飘香。

种下武艺，方能打败虎豹豺狼；

种下坚韧，才可以百炼成钢；

种下最好的爱，方能收获最美的地老天荒。

天空没有一朵云是自私的

1930年，南非特兰斯凯地区的一所教会学校，入住的大多是白人学生，黑人是土著人，受到种族歧视政策的影响，黑人无法受到正规化的教育。

纳尔逊算是黑人中的一位佼佼者，他虽然只有12岁，但却喜欢猎奇，打架是他的常态，惹是生非是他的代名词，如果不是他出身于名门贵族，恐怕他黝黑的皮肤早就让他远遁他乡。

小学五年级，有10个班，黑人学生一共有10个人，纳尔逊算是一位黑人领袖，用无恶不作来形容他，一点儿也不为过：他讨厌白人和有色人学生的骚扰，曾经在他们的被窝里塞进毛毛虫，更会在老师的茶杯里加入粉笔末子，让他们品尝一下艰辛无比的滋味。

这是个歧视盛行的时代，种族隔离政策深入骨髓，黑人连基本的生命权利都无法保障，更别说教育权、培训权等。

当年秋天，纳尔逊与一位叫坦波的白人学生发生了激烈的冲突，双方搏斗中，纳尔逊失手将坦波的门牙打掉了，这次事件，引起了轩然大波，接下来，纳尔逊不仅面临辍学的风险，他还有可能被少年法庭起诉。

正当事件无法扭转时，这个叫坦波的白人学生却突然间撤了诉，他说自己与纳尔逊打了赌，自己败下阵来，受伤是自己愿赌服输的结果。

但坦波却在校刊上发表了文章，表示对打架事件的态度，他直面向毫无文化底蕴的黑人孩子进行了挑战，整篇文章言语犀利，将传统文化褒奖一番，将种族歧视政策列为国家的基本政策进行宣扬。

当晚，纳尔逊与一帮小伙伴们聚集在宿舍里，纳尔逊准备起草一篇文章，对坦波的意见进行反驳，如果黑人孩子们默不作声，就表示承认了种族歧视制度，那黑人何时才能够翻身？

周末，校报上刊登了一篇名为《种族歧视，是民族的自私》的文章，纳尔逊以稚嫩的手笔，第一次向南非的种族政策提出了控诉，他引用了黑格尔的哲学，陈述人生下来灵魂就是平等的，为何要分肤色与民族，孩子们都渴望爱与被爱，他们都应该有受教育的权利。

这篇文章在整个校园里乃至社会上引起了一场大讨论，文章刊登出来的第三天，特兰斯凯地区、约翰内斯堡地区发生了黑人组织的大游行，人们将他视为与种族政策挑战的英雄，人们举着他的头像，纳尔逊的文章被奉为政治纲领。

整个游行最终以暴动而结束，政府出面逮捕了许多人，包括年仅 13 岁的小男孩纳尔逊。

当年冬天，狭窄的狱门打开了，坦波来迎接他的新朋友纳尔逊，经过了两场短兵相接，坦波将纳尔逊视为一辈子的朋友，在他与家人的斡旋下，纳尔逊才得以被释放。

1928 年元旦，特兰斯凯当地报纸刊登了作者纳尔逊和坦波联合编写的文章《种族主义是国家的危害》，文章这样写道：

南非的天空是美丽的天空，却因为有了种族歧视而变得肮脏不堪，天空没有一朵云是自私的，它们洁白如雪、纯真如冰，人人生而平等，这是国家的需要，更是唯一的前途。

曼德拉，彻头彻尾的英雄，一辈子反对种族隔离制度，1993年诺贝尔和平奖得主，南非“国父”，全世界人民景仰的伟人。他的一生充满了传奇色彩，更是一个标志，他代表了历经千辛万苦、南非人民用生命作为代价所换来的政治转型。

天空没有一朵云是肮脏的、是自私的，云以博大的胸怀傲视着世间万物，不会因自己的主观而改变自己的灵魂，这是高尚的云、伟大的云，更是铁骨铮铮的云。

曼德拉，一位站在云朵上的斗士。

把鞋子卖给乞丐

匡威运动鞋进入非洲时，遭遇了前所未有的抵制，匡威是世界顶级运动鞋品牌，尤其以帆布运动鞋著称，但非洲土著人却不喜欢穿鞋子，加上经济不景气，气候异常，鞋子的销量不仅骤减，还引起了当地乞丐的攻击。

约翰内斯堡，南非政治文化中心，一帮乞丐抢劫了位于城市中心区域的匡威专卖店，而当时，店主兼匡威非洲区总经理黑德先生正在为销路发愁，他甚至起草好了撤销非洲区专卖店的申请。

乞丐们的突然出现打破了宁静，员工们吼叫起来，他们试图赶走这些狂妄至极的乞丐。

乞丐们通常会无所顾忌，他们嘈杂起来的声音气贯长虹，现场一片骚乱。

第二天一早，街上出现了穿着匡威运动鞋乞讨的乞丐，不伦不类，当地报纸加以报道，希望政府予以关注。

让人惊讶的是，黑德先生并没有产生恐惧，而是要求店员们疯狂进货，第二天下午时分，店里便重新摆满了匡威运动鞋。

店员说这是引狼入室，应该通知当地警察戒严。黑德却说道："如果戒严，我们如何卖鞋子?"

乞丐们听说后，重新以肆无忌惮的方式劫掠了专卖店，两天时间，专卖店损失了百万美元。

但黑德先生却依然故我，将这样的活动持续了7天时间，许多人说领导疯了，当地媒体也认为这是一次疯狂的行动，这样的疯狂逼疯了匡威的老总。

但无论如何，在整个南非，包括政府、官商、农民与乞丐们，都记住了一个叫“匡威”的运动鞋，乞丐们穿了这样的鞋子乞讨，奔跑起来姿势优美；乞丐们通常以恶劣的态度对待鞋子，这种鞋子却结实耐用，乞丐们穿了好长时间依然完好如初。

鞋子终于打开了销路，专卖店加强了戒备，乞丐们再也不能轻而易举地得到运动鞋了，在没有办法的情况下，乞丐们围住了市政府的大楼，他们要求政府购买“匡威”牌运动鞋送给他们。

让乞丐成为代言人，这招看似冒险，却可以收到意想不到的收获；在强手如林的商场上，永远没有最好，只有更好，策略从来不是约定俗成的规则，兵贵神速、险象环生也是一种销售法则。

兜售失败

纳吉是巴西一家陶瓷公司的老员工，他在这家工厂工作了五十余载，今年已经光荣退休。老来无事的他仍然喜欢在陶瓷厂周围转悠，他对这儿充满了感情。

陶瓷厂却由于经营不善，出现了亏损，没有几年，濒临倒闭。纳吉到达工厂时，管理员正在清理一批以前年份积累的残次品，这还是纳吉当生产主管时的硬性规定：所有的残次品，分批次要留下来一部分，以作为教育员工的典范。

在征求相关领导后，纳吉将这些残次品拉回了家，这些产品，虽然质量有些问题，但就像自己的孩子一样，他不忍心它们像垃圾一样被处理掉。

纳吉开始整理这些失败的产品，像一座小山一样，占据了他所住的小院落，家里人说他疯了，要这些没用的垃圾简直就是废物一堆。

纳吉依然故我，每片他都要认真地回顾、擦拭，喃喃自语，有时候竟然泪流满面。

纳吉将这些残次品进行了仔细地检索，各种图案的产品，他都进行了筛选，一年多后，他的房间里陈列满了这些失败的产品。为了方便记忆，纳吉做了相关描述，在每片产品下面，标识了它制作的时间、失败技艺以及大约价值。

有些产品甚至追溯到了30年前，这些陈年留下的产品，简直就是一种美好的回忆。

纳吉晚年却遭遇了疾病，病痛加剧，昂贵的医药费令他左支右绌。

正当他晚年凄凉之时，一家博物馆却找到了他，在对失败的产品进行价值鉴定后，竟然给出了100万美元的天价。

这些失败的产品，规模巨大，花样纷呈，极具收藏价值，有些产品久远，远远超过了它们的原有价值。

不仅如此，接下来，美国的一家博物馆也跑了过来，他们开出了更高的价格。

纳吉经过认真地考虑后，将其中一部分兜售，而将价值最高的那部分产品捐给了巴西国家博物馆。

失败的，不一定是没用的，失败的产品，经过挑选后，照样可以像金子一样熠熠生辉。

为警犬开退休金

英国诺丁汉郡警察局，一个年迈的老警察卡里与一名服役近四年的警犬博特同时退休了。警犬无家，老警察卡里与警犬博特在工作过程中一直休戚与共，建立了亲密无间的战友关系，卡里不能眼瞅着老而无用的博特被送往市场上出售，因此，他决心收养这只可怜的警犬。

在英国，乃至全世界，警犬退休后，都没有一个通行的说法，只是依照惯例，有的老死在警营里，有的甚至被出售，过着风雨飘摇的生活。

没费多大周折，一条无用的老狗，警察局的领导才不在乎，卡里领着博特回家。

卡里当了一辈子警察，没有亲人，唯一的妻子于前年病逝，博特成了他生命的全部。

当晚，在温暖的家中，卡里与博特举行了隆重的庆贺仪式，做了丰盛的晚餐，卡里甚至鼓励博特喝了些红酒，在过去的岁月里，博特立功无数，曾经抓住过 122 名坏蛋，这些，是它永远的功劳。

卡里凭借退休金与博特一起勉强生活，但卡里却有病了，多年前在一次搏斗中落下的病根，他需要一大笔的治疗费用与保养费用，他十分殷勤地跑来跑去，张罗了许久也未能解决这个困难。捉襟见肘的卡里在一次与好友的交谈中，陈述了自己的难题，好友对他说道：“你可以为博特申请退休金，它立功赫赫，应该是警察中的一员。”

这怎么可能实现？卡里迫于无奈，为此奔波了好长时间，一直无果。在英国，没有为一条狗开退休工资的先例，哪怕它是名狗，英雄般的狗。

就在卡里绝望之时，新警察局长上任伊始，卡里拖着病体，向局长汇报了这件事情的来龙去脉：“这是这样一条狗，救过我的命，还有无数人的命。在一次追捕罪犯过程中，这只 8 岁大的比利时牧羊犬高高跃起，将嫌犯手中的斧子夺下，如果斧子落下，便是两条无辜生命的离开。一个偌大的国度，连一只退休警犬的生活都无法保障，何谈兴旺?”

新局长大受鼓舞，现场竟然掉下了热泪。很快，对这件沉寂了近半年的事件做了批复：在诺丁汉郡，可以为警犬办理退休金，以表彰它们在抓捕罪犯过程中立下的英雄般的功劳。

博特一次性地领到了 1500 英镑的退休金。

博特一次性地领到了 1500 英镑的退休金，这一天，成了卡里与博特的欢庆日。

这不仅仅是他们的胜利，因为他们的努力，警犬也获得了奖励。从此，在诺丁汉郡，警犬也获得了英雄般的权利，这就好像，人类承认了它们伟大的功劳一样。

一个老门岗的道歉

芝加哥市第一小学，早上8点上课，学校明文规定：学生7:30分左右方可入校，具体由学校的门岗执行监控。

2012年11月23日，距离圣诞节一步之遥，芝加哥市飘起了今年第一场大雪，鹅毛般的雪，堵塞了交通。

当日清晨7时许，一位家长带着孩子提前来到学校，因为他今日需要出差，迫不得已才做此安排。幸运的是，孩子的爷爷正好在门岗当值，当时的学校门前，空无一人，孩子的爷爷私自做出了安排：将孩子放进了学校。

本是芝麻粒般的小事情，没有想到，学校的监控给拍了下来，当日上午10时许，学校的监控室传出了异常：老门岗违背了学校制度，私自放了学生早入学。

如果在中国，这样的事情不算事情，制度不外乎人情化。但在美国，尤其在以治学严谨为风格的芝加哥第一小学，瞬间掀起了波澜。

学校尚未做出处罚，风声便传了出去。十几个学生家长在下午放学前夕，聚集在门岗处，要求学校对这样的事情做出解释："我们以前也早到过，但被要求在门前足足等候了半个小时，直到7:30分才允许入校。"

老门岗波特，在芝加哥市第一小学从业30年，前25年是教师，先后辅导过上万名学生毕业，后5年由于年迈，经过学校同意，才到门岗任职。

波特解释道："外面实在太冷了，我不忍心让我的孙子站在冰天雪地里。"

学生家长并不是将矛头对准了波特先生，而是对准了学校坚持了30年的规定，为何不可以人性化一些？为何非要坚持到7:30分才允许学生入校？学生是学校的一员，就像家庭成员一样，学校应该释放温暖而并非冷酷。

学校未等做出处罚，波特先生却上交了辞职信，并且，在学校的门岗处，他做出了道歉：

我从业30余载，从未徇情枉法过，本次由于自私，违背了学校的相关制度，就此事，郑重地向大家做出道歉，希望得到所有学生家长和学生的谅解。

此事并未平息，更大的声讨行动在后面，家长们认为学校不应该开除波特先生，他是在向不公平的制度挑战，何错之有？

学校有关领导经过了一周时间协商后，将原来的制度进行了修改：学校就是老师和学生的家，凡是芝加哥小学的师生，在任何时间，都可以入校，直到你辞职或者毕业。

一项坚持了近30年的规定，就这样被废除掉。细忖之，不难发现：人性化的选择也要建立在制度健全的基础之上，这世上并没有随随便便的人性化。

总有一头羊可以脱颖而出

阿根廷首都布宜诺斯艾利斯，一个年仅5岁的少年，站在一群比自己高大的少年中间，鹤立鸡群，特立独行。

这是一场普通的足球比赛，在阿根廷，像他一样喜爱足球的少年数不胜数。足球是阿根廷的国球，涌现了无数名炙手可热的足球明星。

少年的脚下功夫一流，但他的身材矮小，在对手违规的情况下，他有好几次被人踢出了场外，额头上满是伤痕。但这个从小立志成为足球英雄的少年，并没有退缩，而是选择了坚持。

这一场足球赛上，是他参加训练1年以来，第一场正规的足球赛，却以失败而告终。

年仅5岁的孔卡，第一次落下了伤心的泪水。

5岁，人生的起点，英雄少年般的年纪，铁骨铮铮、前途似锦。

6岁那年，河床足球队选拔少年球员，消息被放学回家的孔卡听到了，他扔了书包，跑到了足球场上拼命地训练，以图获得可以进入河床集训营的机会。

父亲被他的决心感动了，便领着他前去报名，但现场的氛围吓了他们一大跳。河床集训营打出的口号是只要1名球员，但现场报名的却至少有900名，那些孩子，哪个都比孔卡高大威猛，在他们面前，孔卡只是一个少不更事的孩子。

“孔卡，我们回家吧，你还小，有的是机会。”父亲劝慰他。

孔卡却回答：“既然来了，还是试一下吧。”

选拔赛分为淘汰赛和正赛，先是长跑与短跑，合格的前100名少年才可以进入正赛。孔卡自幼便徒步上学，1000米的长跑，对他来讲小菜一碟，一个6岁的孩子，跑了1000米，竟然以全组第二名的身份晋级，简直是不可思议的事情。

短跑项目，不是他的强项，但也不是弱项，他爆发力好，但途中速度慢，好歹勉强进入了正赛。

100名少年，立在足球场上，河床青训营的副营长博克先生眯缝着眼睛，看着这些参差不齐的学生。

正赛分为3个回合，前30名直接进入最后的训练。运球、过人、射门，博克的眼中出现了一个身材矮小的少年，他惊得从椅子上站了起来。眼前的少年，带球连过10人而形色不惧，许多高大的球员，企图从他的脚下将球抢跑而无果，眼瞅着来到了球门处，他晃过了资深守门员，一记凌厉的飞脚，将球踢入了死角。

30名进入集训的人员，一周时间，将只留下1人进入正式的河床队，有些人甚至动起了歪主意，他们联起手来，准备将这个可怕的少年淘汰掉。

一周时间后，博克先生慧眼识珠，将皮肤黝黑的孔卡从人群中叫了出来，他高举着他的小胳膊宣布：“这是唯一胜出者。”

博克无不幽默地对旁边的记者们形容道：“他就像一只羊，从羊群中脱颖而出，他是跑得最快的羊，是领头羊。”

孔卡，天才级的足球少年，司职进攻中场，2009年被评为巴西足球甲级联赛最佳运动员、最受欢迎球员，2010年巴西足球俱乐部冠军球员，2011

年，孔卡正式加盟广州恒大足球俱乐部队。

亚洲足球俱乐部冠军赛如火如荼，孔卡作为外援，是绝对的主力球员，从2011年至2013年，孔卡一共打入了10粒进球，其中许多场是制胜进球。

一群羊，疲于奔跑，它们漫无目的、散乱不堪。总有一头羊可以脱颖而出，它凌厉地冲到了最前面，引领着众羊以排山倒海之势跃过千山万水，到达心爱的草原。

孔卡，一只脱颖而出的羊。

世上没有不受争议的船长

1964年，16岁的少年里皮只身一人来到意大利北部海港城市热那亚加盟了桑普多利亚足球俱乐部——一支让他奉献了12年美好时光的球队。

年轻的里皮起先在这里只是一个小小的学徒而已，但他的成长十分迅速，很快桑普多利亚便把他从编外球员名单中划去，随之添在了桑普多利亚一线队的名单里。而之后在桑普多利亚、在马拉西球场，里皮度过了9年的光阴，他从一个初出茅庐的年轻小伙子成长为球队的后防领袖，到最后晋升为球队的场上队长。

那时的桑普多利亚状况不是太好，成绩还不十分稳定，每当球队输球或表现不佳时，以里皮为首的那条后防线便成了众矢之的，有人批评球员时代的里皮作为后防中坚缺乏攻击性，球队无法从他那里组织起有效的反击。

成绩不理想，俱乐部的麻烦接踵而至，1970 年，球队被降级到了乙级球队，这一噩耗如晴天霹雳，压得里皮喘不过气来。

但里皮默默地接受了这一切。那时的他就像是一位阅历丰富的船长，带着一帮惊慌失措的水手们驾驶着千疮百孔的战舰，在惊涛骇浪里寻找着最后一线生还的希望，或许那时，在里皮的心中也感到前途渺茫，但他决不让自己的情绪表现出来，他用自己的沉稳与冷静，用积极的行动来感染队友，让他们不放弃最后的拼搏。

里皮的球员生涯不算出彩，但他却爱上了船长这个称呼，他号召力强，可以凝聚并统一球员的思想，因此，他喜欢选择万里汪洋中的一艘船，而自己则被大家称为传奇的船长。

教练生涯是从桑普多利亚青年队开始的，但执教的第一场比赛便被对手侮辱，对方教练弗尔里奥讥讽道："里皮不适合当船长，他只是一个小小的船员罢了。"

但里皮没有过多在乎这些，年轻时就饱受争议的他对这一切早已习以为常，哲人埃里诺·罗斯福曾经说过："除非经得你的同意，否则没人能伤害你。"当然这需要一种境界，需要有极大的内在安全感和自我察觉能力，显然里皮已经似乎快要升华到那种思想境界了。

里皮的人生转折点出现在 1991 年，他回到家乡，意甲亚特兰大队向他发出了邀请，在亚特兰大队时，里皮创建了全世界第一个培养足球球手的培训机构，在那儿，走出了许多世界级的球员，例如马拉多纳、里贝里等。

当一个文雅的少年变成了勇敢的武士，当"丑小鸭"长成了美丽的"白天鹅"，爱慕它的人便会不请自来。1994 年，里皮获得了更大的舞台展现自已，先是国际米兰盛邀，他又接到尤文图斯队总经理莫吉的电话，从此，在意甲赛场上，人们看到在尤文图斯队比赛时，场边有一位戴着金丝眼镜，嘴里叼着雪茄，一头银发的绅士坐在教练席上。1995年，里皮带领的球队获得了意甲冠军，他的人生步入辉煌期。

时间辗转到了2004年，里皮开始征服全世界，引领一个更大的球队航母。他执鞭意大利国家足球队，将一个弱小的球队带成了世界强旅，在2006年世界杯决赛中，意大利队以6：4战胜法国，第一次捧起了大力神杯。

2012年，中国广州恒大足球队，里皮的到来令现场掀起了波澜，他临危受命于中国广州恒大俱乐部。2013年11月，亚冠决赛，广州恒大以1：1逼平了首尔，广州恒大第一次捧起了亚洲足球俱乐部冠军。

马尔切洛·里皮，一头银发，喜欢哈瓦那雪茄。他仪表堂堂，充满睿智，外貌酷似著名影星保罗·纽曼，他是意大利女性公认的最有魅力的男性之一。作为一位在意大利足球界闯荡多年战功卓著的教练，因其足智多谋人送绰号——“银狐”。

世上没有不受伤的船，世上没有不受争议的船长，作为一名领航人，能够将船第一个驶向终点，便是胜利者，更是对怀疑者最大的回敬。

让沙漠开出鲜花

在英国南部的一个偏僻小镇里，住着一个只有6岁的小男孩，他名叫奇斯，他和他的父亲相依为命。他们这个村落，远离闹市区，交通极不方便，与他们最近的便是无边无尽的沙漠，因此，这里的人们很容易得呼吸道方面的疾病。

不幸的是，奇斯的父亲在奇斯8岁那年被诊断得了严重的肺病，医生告诉奇斯：除非到另外一种环境里试着生存，或许还有生还的希望，现在，你父亲需要的是新鲜的空气，露珠或者是鸟语花香。

奇斯回到家后，每天晚上伴随他的便是父亲的咳嗽声和喘息声，他的心里十分痛苦，但望着漫长的黑夜和无边的沙漠，他的心到达了冰窖的深处。

一天晚上，一个奇怪的念头突然袭击了他的思想：与其这样干守着，还不如行动起来去种些花儿，也许这样，父亲还有复原的希望。

这个思想在他的头脑里瞬间萌芽、生长，并且结出执着的果实来。第二天起，他开始了他的漫长征程。

开始时，他种了些草儿与花儿，但由于雨量少，没几天便枯萎了，为此，他苦恼了好长时间，后来，他走访了政府单位，向他们倾诉了家乡的困难，政府单位很重视，在他家的门前挖了一条很深的水井，水源解决了，他又开始寻找获得绿色的其他资源。

邻居们都在嘲笑他，对他说就认命吧，没有人能够改变这里的生存环境，就连政府也无能为力的事情，一个只有几岁的孩子如何改变原先的贫穷面貌。

面对各种各样的压力，奇斯很执着，他没有放弃原来的努力，而是每天都在做着尝试，虽然几经失败，但在失败中，他已经找到了一些解决问题的好方法和好条件，经验在一天天积累，终于，在两年后，他的第一个生命花园诞生了。

遍地都是奇葩绽放，父亲走在中间，呼吸着新鲜的自由的空气，脸上也有了少有的鲜活。一个星期后，一场特大型的沙尘暴袭击了整座村庄，他大半夜从梦中惊醒，不顾一切地，他跑向自己的劳动成果，经过一番努力后，花园虽然受了一些损害，却无伤大雅，从那时起，又一个念头在他心中生起，如果想防沙，永远保住花园，必须建一道天然的树林屏障，只有这样，才能防止沙尘的侵扰。

从那天起，他日夜不停地奔波，开始实现自己的第二步人生目标。

10年后，奇斯已经20岁了，他的父亲奇迹般地生还下来，并且去医院检查时，医生高兴地告诉他们：他的肺恢复得很好。

在他的家乡，已经建起了一大片的天然防沙林，在防沙林的后面，方圆整座村庄的位置里，全部是美艳的花朵，在落日的照耀下，它在叙说着一段感人至深的爱的故事和生命的传奇。

一切皆源于爱，在爱的阳光的照射下，所有的困难都显得不堪一击。

只要有爱，无论多么贫瘠的沙漠，也能开出鲜艳的花朵。

吃别人嚼过的馍

俗语说得好："吃别人嚼过的馍，不香。"但有一件事情，却让我改变了这种看法：

我所在的城市，有一家非常著名的企业，原本业绩很好，只是近年来经营不善，企业眼看着接近破产的边缘。当时，有好几家企业的领导人都在着手准备接纳这家企业，但他们考察过后，却一个个地摇头走开，这家企业的设备非常落后，人员习惯于原先懒惰的工作方式，他们不喜欢改进原先的技术和工艺，几乎所有人都失去了创新的思维。

后来，有一个小伙子，冒着家人的反对和社会的闲言碎语，接纳了这家公司，但事情并没有想象的顺利，企业中原本一千多号人，按新领导班子的建议，要全部换掉，因为，他们已经失去了再次利用的价值，所有的旧设备也要更新换代，但这一切都需要大量的资金作为后备力量。

仔细考察后，小伙子打破了人们的传统思维，他大胆地起用了原来公司的所有中层，包括相当一部分技术工人和操作工，他动员他们开动脑筋，创造性地工作，改造旧设备，寻找经济增长点。开始时，所有的人都认为小伙子的想法是天方夜谭，就连员工们也觉得这是一件毫无价值的决策，通知贴出去一个多月，一个献计献策的人都没有。

小伙子没有失去信心，他又下了通知，大家原来的福利制度不变，原来的工作岗位保留，甚至原来的组织机构也照搬原先的模式，但是，所有的设备大家要开动思维去改造，如有好的改造计策，公司将给予重奖。

终于，一个精瘦的老头子走进了他的办公室，他提出了一项十分精辟的改进建议，在小伙子看来，这个建议是有效的，并且是迫在眉睫的。他重奖了这位老头。

几个月后，公司董事会开会进行决议，他们采纳了许多下层提出的见解，在现有设备的基础上进行了翻新，结果只花了很少的钱，便完成了一项伟大的改造任务，不仅省去原先设计的数千万的资金投入，而且深得了员工的心。

一般的领导人，在上台后，总是大规模地调整领导班子，增加资金投入，几乎摒弃原先的所有资源，他们始终坚守着“吃别人嚼过的馍，不香”的传统见解，想利用自己独特的思维，彻底改变原来的落后面貌，其实，结果往往会截然相反。

谁能说小伙子的思维是一种落后呢？改变原来的传统与习惯，反其道而行之的措施不也是一种创造吗？

吃别人嚼过的馍，也会香的，只不过需要把它重新进行加工，用自己的聪明才智做主料，再加上一些超常规的意识和能力为辅助，你就能够吃到一顿丰盛的晚餐。

最美丽的馈赠

曾经在很长时间，我的生命困苦到了极点。

饥寒交迫的我，终于引起了报社一位记者的注意，他采访了我，问我愿不愿意把自己的遭遇公开，这样，社会上有同情心的人会给我一些捐助。

已经到了山穷水尽的地步，我无法再把自己当成崇高的天使，我答应了他的要求。

原本以为，我的事迹公开后，会引起广泛的关注和影响，我不仅能收到一大堆的嘘寒问暖的信，而且会得到大笔的捐款，那样，挡在自己面前的难关就会迎刃而解。

但出乎意料的是，一个月后，我只收到3笔捐款，钱是由报社转来的，并且还附着3封信，他们的捐款一共才230元。

第一封信是一位母亲写的：

孩子，我同情你的遭遇，我也曾经有过那样的困苦日子，相信你会渡过难关。我是个下岗工人，丈夫有病在床，我还需要照顾孩子和年迈的婆婆，家里并没有太多的钱能够给你，我是把家里3个月的零花钱省下来捐给你，希望你不要嫌弃。落款是一位母亲，她的捐款是100元。

第二封信是一位农民老大哥写来的：

在报纸上看到你的不幸，我心里也非常难过，这世上为什么会有那么多疾苦挡在我们面前。孩子，我没有太多的钱给你，但是，我相信你一定会坚强地走过来，因为我们的意志是任何困难都无法战胜的。落款是一位农民大哥，他的捐款是 100 元。

第三封信是个孩子写来的：叔叔，您好，我是一位小学三年级的学生，我省下了自己一个夏天的雪糕钱给您，妈妈说您有一个和我一样高的孩子，您买个小娃娃给小妹妹好吗？她肯定不会再哭啦！或者您买一瓶冻手霜给小妹妹，她冬天就不会再手疼啦，妈妈也买了一瓶给我。愿叔叔快乐健康！落款是一个孩子，他的捐款是 30 元。

3 份捐赠，全是社会最底层的人。捧着面前的 3 封信，我的心此起彼伏，我并不是嫌弃他们的捐款，而是觉得有一份温暖在心中生成、长大并且燃烧，有一种信念瞬间已经在心中扎根，我感觉我的双手充满了爱的力量。

我没有收他们的捐款，把钱如数返还了他们，我只是留下了那 3 封信。

我知道：这是世上最美丽的馈赠，是用金钱无法买到的智慧。

每每自己遇到坎坷、困难时，我总会想到他们的笑脸，然后鼓足勇气，迎着风雨上路。

将包袱搭成桥

晨刚入大学时，是背着沉重的包袱和压力进来的，在他的包裹里，除了自己简单的行李和书本外，就是一张1万元的欠条，上面摁着他父亲沉重的手印，为了他上学，家中几乎一贫如洗。

因此，在大学校园里，我们很少见到他步履庄重的样子，他总是行色匆匆，用一种少年老成来展示这个年纪所不应有的冷漠和执着。

他每天起得最早，帮同学们打水，然后去教室里温习课本，晚上没事时，便躲在图书馆里啃书。

我们都不喜欢他，认为他有些不懂人情，就连女同学的眼神他也不放在眼里，在我们的视野里，他是一个不懂爱的人。

他利用业余时间去外面打工挣钱，或者晚上做家教，每逢取到工资时，他的脸上就会开满灿烂的阳光，他会很严肃地打开自己的记事本，在贷方记上一笔数字，然后瞅着借方的余额去进行下一次的冲刺。

他几乎囊括了所有学期的奖学金，我们分析，这可能与他不谈恋爱有关，不谈恋爱，便会有机会努力学习，便会学着向目标进军，这也许是所有恋爱期的男女同学并未发现的资金漏洞，却被他小子逮了个正着。

我们室友曾经认真开导过他，说他压力太大了，有负债是很正常的，也不应该时时挂在心上，等毕了业，挣了钱慢慢还就行，他一边啃着馒头，一边支吾着回答我们：不行的，时不我待，我爹欠下的钱，就是我欠的钱，我必须马上还给人家，再说，也是因为我造成的。

毕业时，同学们都在套关系，走后门，有的想留校，便东奔西跑地找熟人寻找机会，有的想留在某国企，于是，父母亲便动用了家庭小金库，然后，他的工作便会迎刃而解。

而这些，他全没有，他有的，只是一颗饱经沧桑却依然年轻的心，他告诉我们，他要用自己的双手打拼出一片属于自己的天空。

他毕业后去了深圳，在一家鞋厂给人家做小工，当时，他已经还清了家里的所有欠款，本来可以松口气了，但他的父亲却得了严重的心脏病，压力瞬间而至，几乎压得他喘不过气来，他需要在短时间内筹到一大笔钱，邮到家里给父亲做手术用。

他委屈在一间工房里，没日没夜地加班工作，终于，一个时机，老厂长发现了这个勤劳爱学的小伙子，他将他调到了质检科，很快地，他得到了老厂长的信任，当厂长知道他家中的困难时，当机立断给他支付了两年的工资。

他感激涕零，给厂长磕头说愿意给人家做一辈子，但接下来好景不长，这家企业倒闭了，他坚持到最后一刻依然不走，他答应人家的，他要做个言而有信的人。

一个下雨的黄昏，厂长发现了他正一个人在清洗纸板上的油污，他问他为什么没走？他回答说我不会走的，我还没有偿还欠你的钱。

厂长拍了拍他的肩膀，对他说，我无力经营这家企业，我看你是个实诚人，如果你有兴趣的话，可以去应聘厂长。

这句激励的话提醒了他，他已经在这个厂工作了一年多时间，不说有没有感情，他已经能够熟悉掌握这里的所有作业工艺，并且能够提出许多改善的建议，他一拍脑袋，成为所有竞聘者中最年轻的一员。

凭着他的胆识和才气，加上有一年丰富的工作经验，他很快得到了大家的认同，他承诺给他们，一年内，使这个濒临破产的小企业转危为安。

这是一次全新的挑战，不仅无人，就连资金也成了最棘手的问题，在最困难时刻，他虚心地向原来的厂长请教，他的真诚感动了他，他给他出主意，帮助他去找一些可信的同行支援。

一年后，他的鞋厂竟然起死回生，奇迹般地在深圳找到了一席之地，接下来，他孤注一掷，找人合资，扩大规模，今天，他已经在全国十几个省市建立了分公司。

他经常说的一句话是："蚂蚁驮着一堆大大的稻草过河，其实不是它傻，它是想将稻草搭成桥。"

人也是如此，面对包袱，我们总会有束手无策的时候，许多人不是被困难吓倒，而是被背上的压力压倒，沉重的包袱使他们裹足不前。因此，他们永远无法渡过生命中的那条河。

重要的是，如何将包袱转化成生命的动力，只要能将包袱搭成桥，我们就可以劈波斩浪，勇往直前。

给山楂加上糖

一位年轻人，在商海里摸爬滚打了好些年，但始终以失败而告终，他一直找不出自己失利的缘由，因此，他愁眉苦脸、郁郁寡欢。

他的财产所剩无几，可以说是一穷二白，为了维持生活，他从朋友那里借了一些小钱，批发一些山楂在市场上零售，但他的心中始终燃烧着希望的火种，他在等待成功的那一天。

一天，一位老头子走近了他的摊位，问他山楂多少钱一斤，他的心情很郁闷，便不在乎地回答他："两元钱一斤。"

老头子蹲下身子，在他的山楂当中来回翻找着，这令原本失意的他更加不耐烦，他问老头："你到底买不买，不买的话快走，别妨碍我做生意。"

老头笑呵呵地望着他："年轻人，做生意是不能急躁的，不要嫌弃人家顾客的任何举动，我告诉你，其实你可以挣更大的钱。"

年轻人从一开始就没看起面前的这位糟老头，其貌不扬，看起来有些像农民。

老头子接着说："我问你，年轻人，山楂多少钱一斤呀？"

年轻人没好气地回答道："我刚才不是说了吗！两块钱一斤。"

"那么糖多少钱一斤呢？"老头子捻着胡须继续发问。

糖三块钱一斤。年轻人有些狐疑地望着面前这位奇怪的老头。

老头子脸上布满了红云："那么，我再问你，给山楂加上糖呢?"

这个问题再简单不过了，给山楂加上糖，不就是五块钱一斤吗？年轻人迅速地回答。

老头子哈哈大笑："你错了，年轻人，给山楂加上糖，就成了另外一种食品，它叫作糖葫芦，在北方很盛行，它可以卖到两块钱一个，你可以计算一下，一斤糖葫芦至少需要10元钱，正好是原来的五倍。孩子，做生意其实很简单，就是根据人们的生活需求，把原来分开的事物通过逻辑组合到一块儿，从而产生出更大的利润和价值。"

老头子说着，就扬长而去。年轻人呆呆地望着他，忽然间恍然大悟。

后来，他才得知，那位老头是当地的水果大王，他原来是个摆地摊卖水果的小贩子，5年内一跃而成为当地非常著名的水果大王，他的成功，始终在遵循着这样一个既简单又有效的道理。

其实，所有的成功都在遵循着同样的规则，说起来非常容易，但它更需要持之以恒、坚韧不拔的精神和意志，只有付出辛勤的汗水和智慧，才有可能收获最后的成功。

随时准备好向人生投降

我曾经在学校里组织过一次大型的演讲比赛，在众多的参赛选手中，有一位外国小学生，由于规则要求必须用中文演讲，这便增加了他比赛的难度。

晚上，他父亲邀请我去他家里为他做一些辅导，他中文说得很好，缺乏的只是临场发挥，我给他说了些场上的注意事项和要求，并且嘱咐他不要慌张，要相信自己。

他父亲给他说了两点，我听了觉得很惊讶，他说让他选出最容易失败的地方，然后在演讲稿上画钩，以示注意，最后一点，如果真讲不下去了，你要做好随时投降的准备，不要硬撑着，与其说在台下占用别人的时间，倒不如下来总结经验，他的总结就是，投降并不可怕，可怕的是硬撑着。

他的逻辑令我吃惊不小，我们的学生是最害怕失败，最害怕向人举手投降的，而他呢，却鼓励自己的孩子勇敢地向人生投降，这是两种截然不同的观点，有着质的差别。

夜晚，我读二战内幕时，发现一则故事，当年盟军在诺曼底登陆时，他们的将军曾经写过两份演讲稿，一份是登陆成功时所用的稿件，而另一份是一旦登陆失败，他们如何鼓舞军心，重整旗鼓，再接再厉。

我们通常崇尚成功，害怕失败，更不敢说投降，如果在职场里，哪个人办一件事情没有成功，我们的老板就会斥责他，继而呢，骂他狗屁不是，所以说，我们的传统观点使得我们一旦走不下去了，我们绝不言弃，一直硬撑着走下去，可事实证明，本来是一个好弥补的小漏洞，结果却再也捂不住了，最后搞得全盘皆输。

在人生的道路上，我们不可能全是赢者，成功也不会时时刻刻伴随我们，而时刻与我们为邻的，恰恰就是人见人恨的失败，许多人采取逃避的态度，更有人会因此而丧命，其实，采取一种豁达的态度，或者用一种释然的观点来看待失败，我们的目光也许会开阔许多。

投降不是一种胆怯，更不会是一种懦弱，投降是为了让我们做暂时的休整，使敌人麻痹，使自己清醒，正是要有一种以退为进的策略，从而更好地在战场上打败敌人。

有时候，我们输掉的，并不是一种可怕的现实，而是一种冥顽不灵的观念，而这些，正是对手想要得到的。

在我们低着头举起手向人生投降时，我们也许更能看清脚下的位置与方向。

感谢你不喜欢我

他是一位当红影星，电视里经常出现他的身影，他的演技平易近人，有种说不出道不明的亲近感，所以，在影视圈里，在老百姓的眼中，无论他走到哪里，后面总会有一大群的影迷追着他。

那一年的夏天，他奉命到边远地区做公益演出，他中途下车去看一位生病的同事，就住在他所演出城市的郊区。

他出来时，已经很晚了，看表时，离演出还有将近一个小时的时间，在一小时内，他必须准时到达演出现场。

他打了出租车，出租车司机很热情的样子，问他去哪儿，然后便开车，司机只顾专注地开车，他在车上没事，便与司机闲聊，司机好像爱理不理的样子，只顾低着头看前面的方向，一路上，他觉得心中充满了气愤。

下车时，他扔给他一张百元大钞，司机摸了摸口袋，竟然没有零钱找他，他眼看着时间到了，说要不不用找了，司机说那哪行，我们司机是讲良心的，他又说要不我先走，你不认识我吗?

司机看了看他，对他说你刚一上车我就认出你了，可我不爱看电视电影，我也不喜欢你，就这些，我只会开自己的车，挣自己想挣的钱，那些事情与我无关。

他听得最清楚的，就是“我不喜欢你”这句话，这好像一声闷雷打在他曾经不可一世的万丈雄心上，好在同事们赶来了，替他付了零钱，临走时，他突然回过头对司机说："谢谢，真的，感谢你不喜欢我。"

在以后的日子里，他收敛了自己的豪放和骄傲，他深深地知道，艺术的道路是漫长的，永远没有尽头，在人生的道路上，永远没有做得最好的。

他一直记得那句话，也许我们也应该记得。

长在麦田里的百合

一枚百合的种子，不知被哪只多事的鸟儿衔来的，或者被哪一阵风儿从花园里用花轿抬来的，它落在一大块麦田里，经历过百转千回后，它苏醒过来，发芽、抽枝、开花，在众多麦儿面前，它是一只凤凰，一个孤傲的舞者。

它对周围的麦儿投去的尽是不屑一顾的眼光，在它高贵的眼里，它们是粗俗的、卑贱的、不能与美丽相提并论者，而它的花儿是如此娇媚，叶儿是如此丰盈，它们在它的面前，只有弯着身子，对它的美丽俯首称臣。

就这样，日子一天天过去，突然有一天，一双大脚踏进了麦田里，农人的眼光里放着对希望的憧憬，就在此时，他发现了这株鹤立鸡群的百合花，这是一个多么激动人心的时刻呀，百合闭上眼睛，静等着这世上最华丽的赞美诗。

但农人毫不犹豫地伸出手，把百合连根拔起，然后把它扔在马路边的枯草里。

在人生的舞台上，每个人都要找准适合自己的位置和坐标，你可以是一颗金子，但如果你落到一堆污泥里，就永远闪烁不出艳丽的光彩，人生最大的悲剧在于，无法为自己的才能找到合适的舞台，如果我们没有一双锐利的、充满智慧的双眼，我们就会如那株长在麦田里的百合一样，枯死在生命的荒原上。

木梳上的污泥

一个年轻人，毕业后闯荡江湖，本以为世间存满了奶酪，但经历过后，才发现那些奶酪是如此地烫手，他的每一次出手，不是被别人撞得体无完肤，就是被后来者碰得伤痕累累，为此，他烦恼、郁闷，对人间充满了憎恨和无奈，他整日里觉得昏昏沉沉、郁郁寡欢，最后，他竟然病倒在冰凉的床板上。

一个风雪交加的夜晚，他敲开了恩师的大门，接待他的是恩师的爱人，恩师是市里大名鼎鼎的艺术家，不仅才高八斗，而且桃李满天下，在他的面前，他哭得一塌糊涂，他说自己创业的艰难，说人世间存在太多的猜忌，他说自己一个不懂世事的人，在公司里一直遭遇别人的无端毁谤，最后，他失意、彷徨，以至于无路可走，才赶来找恩师，想寻求一下成功和处世的秘诀。

当时，师母正在给恩师梳理长头发，恩师多年来保持着一种大家的风范，他留着一头的青丝，给人一种崇敬和景仰的感觉。

恩师一句话也不说，只是静听着他的陈述，他说到痛处，竟然痛不欲生，嘴里直骂人心的险恶，世态的炎凉。

直到他没有力气了，恩师才长出了一口气，站起身来，他拿起两块木梳给他，对他说，你看一下这两块木梳的区别。

他被带进了云里雾里，不知恩师缘何如此，他接过来仔细地看，这是两块一模一样的木梳，他看了半天仍然不知所以然，最后他说，恩师，这两块木梳一般无二呀。

不，你错了，这两块木梳有着质的区别，你看它们的齿缝里，一个齿缝里非常地干净，因为我刚刚冲洗过它，一个齿缝间藏满了污泥，那是长期使用木梳不清理的结果。

给你讲个故事，是关于我和木梳之间的，我刚开始留长发时，只有一块木梳，我每天都用它梳头，时间长了，我就觉得我的头发非常容易脏，后来需要一天洗一次头，我以为水质有问题，可仔细观察后却突然发现，问题不在水上，而在木梳上，木梳一直使用，得不到清洗，结果染上污垢，时间久了，它便污染了头发，如果木梳不清理干净，再干净的头发也会蒙垢。

人生也是这样子，人人都是一块木梳，如果你不清理干净自己心中的污泥，你会觉得与你接触的社会和人际非常地肮脏，以至于你失去了信心，其实，所有的症结都在自己身上，如果我们是一块干净的木梳，那么无论你到什么地方，你都会觉得春暖花开、月高风轻。

年轻人突然间顿悟了，是的，人人都是一块木梳，重要的是，我们应该常常清理齿缝间的污泥，我们这块木梳，也会梳理出一头如水的长发，这世界也会日日如春。

会孵蛋的老鼠

一只贪婪的小老鼠，已经好几日没有找到一顿丰盛的晚餐，它的脑子里闪现出一只可爱的小鸭子，它白白的毛，嫩嫩的脚，让自己一下子兴奋到了极点，幸运的是，在一个恰当的时机里，它竟然找到了一只大大的鸭蛋，它无比兴奋，准备将鸭蛋作为自己的晚餐，但此时此刻，它的脑子里闪现出另外一个更加美妙的想法，如果通过自己的努力，能够将鸭子孵出来，那么，就会有一顿肉食等待自己的嘴巴。

这样想着，它马上行动起来，它害怕弄烂鸭蛋，便试图通过各种各样的卧姿改变身体对鸭蛋的威胁，在各种方法尝试失败后，它最后干脆挖了一个洞，在洞的周围塞满了温暖的羽毛，然后，自己匍匐着身躯卧在上面，好几日过去了，这期间，小老鼠饱受了饥饿的困扰，但每当想到马上会有一顿美好的盛宴时，它他的眼里又闪现出希望的光来。

就在小老鼠失望，伸出嘴巴要干掉这只鸭蛋时，奇迹出现了，小鸭子却突然破壳而出，它挣扎着湿漉漉的身躯叫着小老鼠“妈妈”，小老鼠一惊，马上说我是男的，不是“妈妈”，小鸭子马上改口叫它“爸爸”，叫得它无法对这只可爱的小生命下口，甚至瞬间忘记了饥饿。

我想，小老鼠最后会无比感慨地说道：我失掉了一顿美餐，但我却多了一个孩子。

相对于美餐来说，孩子肯定比前者要重要得多，小老鼠是可以做出孰轻孰重的判断的，这只是一则幻想的童话故事，却使我有了另外一种关于人性的思考：人本身就有各种各样的欲望存在着，这是一种命定的存在，任何人包括圣人也无法改变它的潜在，因此，为了实现自己的所谓目标，无数人贪婪地生存着，他们总是通过不惜一切的代价尝试试图达到自己的阴谋，但重要的是，我们人类应该像这只小老鼠一样，在想法尚未实现达到一定的危害性时，我们能够收回成命，“失掉了一顿美餐，却多了一个孩子”的法则同样适用于人类社会。

其实，圣人也是有自私性的，只不过是，他们将某种邪恶的想法埋在心里面，在尚未实现时，就已经转化为一种智慧，或者叫作和谐吧。

钥匙就在我们自己手中

1910年初的一天，巴黎市郊的街头，一个蓬头垢面的年轻人衣着破烂地立在寒风中，他的手里托着无数份加起来比他重量还大的报纸在街上叫卖，他的手指冰凉地冻出了鲜血，他顾不了这么多，他所有的努力只为了能够找到一个避风的港湾让自己几度受伤的身躯暂避一下世间的风险，在此之前，他做过学徒工，卖过唱，但所有的努力也无法挽回他失去双亲、一贫如洗的命运。

他没有学历，虽然自小酷爱音乐，却无法进入正规的音乐学院接受爱的洗礼，他曾经无数次向往过巴黎音乐学院的台阶，那些高高低低的音符，让人如醉如痴的赞美诗篇，但一个愣怔后，总是饥饿和寒冷无情地击碎了他的美梦。

他卖报纸的工作逐渐稳定起来，虽然是一个小角色，但至少他已经拥有了一份比较保险的工作。因此，他十分卖命，总想通过努力来证明自己是一个顶天立地的男子汉。

那一年的春天，他来到办公室前等待领取成摞的报纸，但遗憾的是，收发人将钥匙丢到了家里，如果回去取的话，肯定会耽误今天报纸的热卖，因为报纸都是有新闻性的，如果到了下午去卖的话，肯定一文不值，收发人忙得额头泌出了汗水，有人提出毁掉门上的锁，但如果这样的话，收发人就会失掉这份难得的工作，所有的人扒着窗户束手无策，不知如何是好。

年轻人也焦急地等在屋门口，他也盼望着能够早点开门，因为这会影响到他今天的收入，他的手里拿着一枚小小的卡片，这是他在街道上无意中捡到的，觉得坚韧且有弹性，便将它放在手中不停地把玩着，就在所有的人无计可施时，年轻人忽然发觉这门的锁是那种背后装着的暗锁，并且门缝与门壁中间有着很宽的一条缝，他急中生智地想到了手里的卡片，他轻轻地将卡片塞到门缝里，上下划拉着，并且用手摇动着整扇门，奇迹突然间发生了，他用一张卡片打开了这扇坚固无比的门。

只是一个小小的变故，却从此改变了他的人生观和价值观，他由此证明了自己的能力，他用卖报纸挣来的钱买音乐书苦苦钻研，后来，一个良好的时机里，他谋到一份到音乐学院送菜的良机，于是，学校的窗户外面，便多了一个编外的学生，他利用业余时间偷偷地学习老师所教的课堂知识。一次更好的机遇里，他遇到了音乐学院的一位老师，当他听到关于他的经历后，答应让他做免费的插班生。

时间一年年地在所有人的手指间无情地流淌着，这个年轻人，终于一梦觉醒后，以一曲《挺起你的胸膛》而闻名天下，这个青年男子叫作比尔撒丁，他后来成为一个小有名气的音乐家，至今，仍有许多人在津津乐道地演奏着他的作品。

当我们的人生陷入低谷时，所有的障碍都会在瞬间蜂拥而来，这是我们悲哀的思想在作祟，与命运本无关，但就是这一扇扇我们认为坚固无比的门，摧毁了多少志士仁人的满腔信念和冲天豪情，有些人甚至凋零成功的台阶前。

许多时候，真正阻碍我们前进的不是门，而是内心深处的枷锁，是我们的懦弱和胆怯，其实，钥匙就在我们自己手中，哪怕它只是一枚小小的卡片。

丢掉生命的羚羊角

从前，一个人从很远的地方得来一只羚羊角，可想而知，那是历经千难万险才得到的，的确来之不易。这只羚羊角精美无比，极富收藏价值。这个人将它视为珍宝，像爱护自己的生命一样去爱护它，把它放在了箱子的最底层，每天都要拿出来欣赏，他觉得自从有了这只羚羊角，他的整个院落充满了温馨，心情也好像到了春天，每天都会有阳光光临他的屋子。

直到有一天，他忽然觉得这只羚羊角散发出一种奇怪的臭味，整个屋子也被搞得一塌糊涂、臭气熏天。

他仔细检查后发现，原来是那只羚羊角的肉没有挖净，时间久了便生出难闻的味道。他开始动用各种方法去除这种怪味，但无论怎样都无法解决。那种怪味，萦绕心头，挥之不去。

于是，这个人便去拜访智通大师，向他请教如何去除这种怪味。智通大师听了他的阐述，对他说："放下。"这个人赶紧把羚羊角放在地上，智通大师接着说道："放下。"这个人非常纳闷，对智通大师说："我手中空空如也，已经没有什么再能放下啦。"大师微笑着："我是让你放下心事，只要心中无物，也就无所谓烦闷啦。"这个人听了恍然大悟，原来，他的心事就是这个羚羊角。他丢掉了那只羚羊角，虽然它非常珍贵，但从此以后，他的心情不再郁闷，因为他少了一桩烦心的事。

人的欲望是无止境的，总是希望得到世界上所有的美好，但事与愿违，上帝不可能满足你蓬勃的私愿，因为财产是属于大家的，而我们总是在为一件小小的失落而发愁甚至于裹足不前。那么，请你检索一下自己的行囊，该扔掉的就要扔掉，我们应该轻装上路，因为前方还有更美好的风景在等待着我们去采撷。

不要认为丢掉会是一种放弃，有时候，丢掉某些没用的东西，更是为了收获更好的，我们更可以一身轻松地上任何一个战场，去赢得一件件战利品。

有时候，我们虽然丢掉了一粒草籽，收获的，可能是整个春天。

敢于怀疑

毫不夸张地说，一套《自然科学通俗读本》改变了整个人类对世界的看法。

1892 年，一位电器商的儿子偶然读到了这套丛书。这个 13 岁的犹太男孩意识到，他原来从《圣经》上知道的那些故事是假的。后来，在一本书里，他写道，这滋长了我对一切权威的怀疑，对周围社会确实存在的信念完全抱怀疑态度。这种态度再也没离开我。

13 年后，这个伯尔尼专利局的小职员，在《物理学年鉴》上发表了一篇长达 30 页的论文。这便是他对“相对论”的最初思考。随后，他开创了理论物理学崭新的前景，从而结束了古典物理学统治的时代，开拓了一个奇妙的世界。

爱因斯坦，成为集“天才”、“权威”和“偶像”于一身的符号。

正是爱因斯坦拥有的难能可贵的敢于怀疑的精神，改变了他对整个世界的看法，从而带来了一场惊天动地的物理学革命，如果他只是限于自己狭小的天地，如果他只会纸上谈兵，沿用先人的权威说法，也许，会是另外一种境况。正是由于对权威的不相信，铸造了他奋进向上的信念，从而一步一步向真理迈进。

这不由使我想起发生在生活中的一则故事：

在一所宅院里，住着一个老人。在他家的门口，有一块很大的石头，堵住他的半个门口。听祖上说，那是祖传的宝贝，是在某一天夜里从天上掉下来，没有人敢去动它，一则碍于祖规的威严，二来它也确实太重，俨然一个庞然大物，人力是完全不能挪开的，除非用机械设备。于是一年一年，它始终堵住门口，一来二去，它成了一堵不可磨灭的风景。

在老人 70 岁那年的某一天，一个骨瘦如柴的乞丐走进他的家门，要求施舍一些食品给他，老人非常善良地给了他许多食品，乞丐很是感激，在临出门时，乞丐对老人说："你家的门口有块大石头，挡住了去路，怎么不挪开？"老人叹口气说："那不是人力能够搬得动的。"乞丐悄无声息地出了他家的门，手和脚一并使劲，那个躺了几百年的大石头悄无声息地滚向了一边……

原来，阻碍我们成功的，就是一些传统的思维模式和僵化的脑筋，由于不敢怀疑，从而对一切先前的事物采取顺从和屈服，因此，我们一直在裹足不前，原地踏步。

生活中有很多事情往往就是这样，当人们的思维成为一种定式以后，我们就很难发现事物背后所隐藏的一些东西，因为我们总觉得不可能，然而没有什么东西是不可能的，不可能的只有我们的思想。

记得曾经有人说过，将一件东西变成垃圾的，首先是人的大脑，许多情况下，人的大脑与垃圾桶没什么区别。

也许，决定成功的一个重要条件，就是一定要有敢于怀疑的资质和精神。

第四辑

一无所有，才是拼的理由

这是我见到的世界上最机敏、最有智慧的母亲，她用一份执着的信念代替了几个月前撕心裂肺的伤心欲绝，她用一种无言的方式树立了孩子从小阳光向上、不折不挠的人生观，即使没有双手，我们还有嘴，我们照样可以完成许多工作，我们的人生照样可以精彩无限。

点燃残余的火花

上小学时，我是个不学无术的孩子，成绩一直处在最末的位置，我也是家长和老师头疼的焦点。老师们都对我摇头说“不”，认为我已经到了无可救药的地步，他们纷纷劝我的家长极早给我找个事情，以免白白地浪费家里的学费。

新学期开始了，一个姓白的老师走进了我的学习和生活，他有着与众不同的教学方法，他主张不仅测试学生的理论水平，还应当重视所学知识的实践性，因此，他一直带着我们参加各种课外训练，以锻炼我们的另一种能力。

上学期考试结束后，我的数学成绩只考了25分。我被白老师叫进办公室，他问我学习的一些基本情况，我回答：“我的学习一向不好，所以我讨厌学习，他们都在嘲笑我。”白老师笑着说：“我给你出一些数学试题，你能考一个零分吗？”他的问题很奇怪，我顿了顿，回答他：“满分我考不了，零分肯定好考。”接下来，我趴在他的办公桌上做试题，做完后他给我改分，结果我考了个31分，我觉得很诧异，明明是自己没有费一点心思做的题，怎么还能考个31分？

白老师语重心长地对我说：“孩子，不要气馁，这31分就是你残余的火花，它虽然并不明亮，可是一旦点燃，就是无尽的辉煌。”看着他和蔼的面孔，我郑重地点了点头。

在接下来的日子里，在他的帮助下，我开始改变自己的想法和学习方法。

每次考试后，我总在庆幸自己这次的分数比上次高，然后，总结一下本次考试错题的原因，下次再做时就能够扬长避短。

很快地，我的学习方式取得了惊人的成绩，我的学习成绩开始节节攀升。

已经许多年过去了，如今的我已经成为某个公司的副总经理，在人生道路上，无论遇到什么样的挑战和挫折，我总会想起白老师对我的叮嘱：点燃你残余的火花，就会取得无尽的辉煌。

是呀，那些残余的火花，就是自己潜在的能量、自信的意识和正确的人生观，点燃它，就是点燃了一颗混沌初开的心。

感谢白老师，是他将我的生命带到了另一个高度和暖度。

总有一把钥匙属于自己

19 世纪末的美国洛杉矶，有一位伯兰先生，他是当地首屈一指的富翁、慈善家，许多人都敬重他，以他的财产和豪宅为毕生追求的目标。

一天傍晚，伯兰先生在自家的门口发现一个衣衫褴褛的年轻人，他就缩在院墙的一角，当伯兰先生看到他时，他正在数天上若隐若现的星星，伯兰先生问：年轻人，你在做什么？年轻人回答他：我在数星星，有多少星星就有多少梦想。

伯兰先生笑了，他继续问：那么，你的梦想是什么？

实不相瞒，先生，我最大的梦想就是拥有一所豪华的房间，拥有一张超过自己身体两倍的大床，让我美妙地睡上一觉，他说着，眼睛里流露出无限渴望。

热衷于慈善事业的伯兰立即答应了他的要求，他领着他来到自己的豪宅里，将一把钥匙交给他，并且告诉他房间的位置，他说今晚你就是这所房间的主人，说完，他充满爱心地走开了。

第二天早晨，伯兰先生过来看望他时，却发现钥匙放在窗台上，房间并没有被打开的痕迹，里面的物件整齐有序地维持着原来的样貌，也就是说，那个年轻人根本没进房间，他诧异地想了想，忽然间他想到了这间房的锁是保险锁，除了用钥匙外，还需要输进密码才能打开，昨晚，由于疏忽，他竟然忘记了告诉他开门的方法，他为此后悔不迭，出门寻找时，年轻人早已不知去向。

之后的几天，伯兰先生一直在为自己的不负责任感到遗憾，由于自己的大意，他破坏了一个年轻人毕生的梦想，而这些，不是用金钱可以换取的，他最终没能找到年轻人的下落。

10年后的一天，华盛顿郊区有一位富翁给伯兰先生来了一封信，请他去自己的豪宅参加一场别开生面的酒会，他感到很纳闷，自己在华盛顿地区没有几个朋友，再加上这个住所挺陌生的，他怀着一种好奇心驱车前往目的地。

酒会上，一位中年富翁正在招待大家，当伯兰先生到达时，中年人迎上前来，热情洋溢地拥抱伯兰，中年人说，伯兰先生，你还记得10年前你家门前的那个年轻人吗?

伯兰先生努力搜索着记忆，当他终于明白面前的中年人是那晚的年轻人时，他一脸愧疚地握着他的手说道：对不起，先生，当时我确实疏忽啦!!!

不，伯兰先生，我要特别感谢你，当我将钥匙插进门锁时，无论我怎么努力，我都无法打开通往理想的大门，我只有隔着窗户欣赏着里面的美景，后来，我想明白了，这把钥匙是不适合我的，如果我能够如愿以偿地进入房间里面，那么，我会瞬间失去梦想，终日生活在安逸的牢笼里，庆幸的是，不能打开房门的钥匙使我明白，那些荣华和富丽现在不属于我，我没有资格去得到它们，从那时起，我就告诫自己：梦想仍在延续，总会有一把钥匙属于自己。

年轻人名叫格桑，通过近10年的努力，他已经成为华盛顿地区最富有的大亨。

现在，让我们共同干杯，为我们的梦想和友谊干杯。伯兰和格桑的酒杯碰在一起。

是的，总有一把钥匙属于自己，有了它，我们就可以解除阻碍我们前行的任何障碍，引领我们走进梦寐以求的理想之门、智慧之门和成功之门。

没有双手，我们还有嘴

那一年的秋日，我和几位同学到城市的郊区外游玩，目的是为了排遣一下心中的郁闷。

走了一大截路程，我们都累了，便吵着闹着到附近的一个饭店就餐，饭店内的人并不多，我们只看到一个中年妇女带着一个两岁左右的小男孩在吃饭，令我们惊奇的是，母亲送孩子饭的方式非常奇特，他用嘴叼着勺子，从碗里舀起米饭然后喂到孩子的嘴里。

我们原以为她是在哄孩子玩，但整个喂饭的过程却长达 30 多分钟，这一切使我们对原来的决断产生了怀疑，我们纷纷扭过头去看那对母子，后来，闲着也是闲着，我们便拿出袋子里放着的饼干过来哄孩子玩。

孩子长得眉清目秀的，是那种非常中国的典型的标准型脸庞，一见人引他便发笑，胖嘟嘟的小脸瞬间开成了满园春色。

我们本能地伸出胳膊要孩子的手，但接下来我们看到的事情却使我们惊呆了，孩子的袖筒空空地在风中荡漾着，我们为自己的冒失不知所措，赶紧准备回去避开这种无言的尴尬，孩子的母亲却笑着说道：没关系的，这出于一场意外事故，半年前发生的，幸亏苍天有眼，保住了孩子的命。

说着，他仍然用嘴叼着勺子给孩子送饭，孩子兴奋无比地大叫着，好奇心在我的思维里闪烁着，我突然问她：阿姨，能问个问题吗？她笑笑，你是问我为什么用嘴给孩子喂饭吧，这很简单，他没有双手，将来许多事情需要用嘴来代替完成，孩子正是学东西的年龄，我不想从小给孩子造成一种自卑感，所以，我就用嘴喂饭来引导他的思维，我要让他明白，用嘴做事情是一件正常的事，不需要有压力。

现在，他已经可以用嘴做好多的事情了，比如他会用嘴叼着玩具来玩耍，或者是用嘴拱玻璃球玩，许多原本用手完成的事情，用嘴照样可以完成，真的，我很骄傲，我的乖孩子，可以用嘴做好多好多的事情啦！

这是我见到的世界上最机敏、最有智慧的母亲，她用一份执着的信念代替了几个月前撕心裂肺的伤心欲绝，她用一种无言的方式树立了孩子从小阳光向上、不折不挠的人生观，即使没有双手，我们还有嘴，我们照样可以完成许多工作，我们的人生照样可以精彩无限。

把草帽从头上摘下来

20世纪初的巴伐利亚，人们争相以做草帽生意为荣，因为草帽在一段时间内带动了这里经济的腾飞。因此，无数个草帽公司如雨后春笋般脱颖而出，小商小贩们更是瞅准了空当，竞相展示着自己的产品。

一个名叫斯多夫的年轻小贩，整日里为自己不能挣到钱而苦恼，他曾经是个爱琢磨工艺品的孩子，他从小立志想做一名出色的科学家，但世事弄人，贫寒的家境迫使他过早地放弃了学业，不得已走上街头卖草帽。

一个偶然的时机，斯多夫在街头看到一款时髦的摇摆型工艺品，它可以让人们记住一定的时间，还可以使人记住过去的某个时刻，这样的现实使得斯多夫的头脑异常活跃，他想着何不设计一种可以记录时间的手表，戴在手上，既可以使人记住时间，又方便人的操作，增加了人性化和可视化。

正当他为自己的梦想而狂欢时，与一个朋友偶尔的谈话让他差点崩溃，那位朋友告诉他，威尔斯公司的技术人员正在设计与这种款式类似的手表。

斯多夫想在最短的时间内生产出这种手表，并且申请专利，而他需要的是时间，但他又害怕威尔斯公司先于自己设计出这款手表来，因此，他一度陷入苦恼中。

终于有一天，斯多夫想出了一个绝妙的主意，他画了一张简易的图纸，来到威尔斯公司总裁的办公室，他告诉威尔斯先生，自己需要一种可以抵挡冰雹的草帽，这种草帽在美洲地区十分畅销，但他需要威尔斯的设计人员在一周内设计出所有的图样并付诸生产。

威尔斯先生喜出望外，暂时停止了对防水手表的设计，因为他不想使自己的生意受到影响，谁不想赚取更多的利润。

等到威尔斯先生设计出斯多夫需要的草帽时，斯多夫早利用这个空当设计出了世界上第一款可以防水的自动功能的手表并且申请到了国家专利，他利用一个聪明的想法为自己赢得了宝贵的时间。

如今，斯多夫设计出的“劳力士”手表早已经风靡全球，谈到他的成功，他总会含蓄地将草帽从头上摘下来，告诉大家，其实我的成功是一个巧合，那就是，将草帽从头上摘下来，然后我看到了蓝天、白云，还有无边无际的操场。

将草帽从头上摘下来，也许我们能够看到更加宽阔的田野和更能体现智慧的天空。

危机与转机一墙之隔

1929年夏季，一场突如其来的经济危机以迅雷不及掩耳之势突袭全美，一时间，工厂倒闭，工人失业，民不聊生。

在肯塔基州，有个叫奥德朋的人同样遭此大劫，他原先经营的一家广告公司顷刻之间倒闭，接下来的日子里，为了维持生计，他和妻子孩子不得不靠捡破烂谋生，经济危机带来的破坏性一触即发。

市里不能再生存了，他们便逶迤着前往自己的家乡避难，他的家乡叫全朋，在美国的地图上并不容易找到，它的北边，就是加拿大的领土。

家乡同样没有幸免于难，他们的日子并没有因为搬家而改善。

一道界墙，就横亘在美国与加拿大之间，奥德朋突然有一种冲动想越过界墙去加拿大，也许那里的情况会好一些，他翻阅了报纸，但当时信息闭塞得很，并没有关于加拿大的相关报道，他与妻子的意见相悖，妻子认为加拿大好不到哪儿去，他们可以找其他路途。

奥德朋于一个早晨携妻儿翻越了界墙，他背上背着自己从小钟情的画笔与画纸，接下来，他们徒步翻越了无数座大山，涉过许多条大河，在路遇一片树林时，林间鸟儿啁啾着，虫儿呢喃着，奥德朋突然被眼前的景色迷住了，他兴奋地铺开画纸，拿起画笔舒展自己的思维，不大会儿，一幅崭新的林间禽鸟相逢图便摆在自己面前，他兴奋地做着点评，然后乐此不疲地继续着自己的事业。

正如妻子所料，加拿大的经济也遭受了前所未有的重创，但奥德朋却在那儿找到了支撑自己一生事业的基点。1933 年春天，经济危机刚刚从美洲退潮，奥德朋的画作《美洲之鸟》准时在加拿大开展，不到几天工夫，他的画作成为媒体追逐的焦点，同样也受到无数出版商的追捧。

出名后的奥德朋继续着自己的禽鸟绘画事业，并最终成为世界上最著名的禽鸟画家，他的作品灵巧中带着灵动，灵动中带着无数条生机勃勃的灵魂。

多年以后奥德朋回忆道：天知道越过那道墙后，自己的人生就会出类拔萃，有时候，危机与转机仅一墙之隔，当所有的人处于困境中时，一定不要灰心丧气，一定要想到也许离自己最近的地方就会有解决问题的出路。

制造温暖

与一位记者朋友一起去采访一位新闻人物，他是一位都市拾荒者，不可思议的是他的做法，他如此穷困不堪，竟然资助了一位穷困山区的学生，并且一直坚持了 8 年的时间。

当我们看到他时，他正在整理自己今天收获的垃圾，现场的苍蝇嗡嗡作响，旁边是堆积如山的垃圾，他的脸上满是污泥，手上硬茧遍布，将我的心瞬间被硌得生疼。

我心里想着他的感受，也许他是为了高风亮节，或者是为了吸引人的注意力，将自己炒作成新闻人物，以此来成就自己出名的梦想。我的脑海里一下子过滤了许多这样的情节，我在想着如何帮朋友写稿子，如何能够将这个新闻炒作得大一点、酷一点，因为这直接关乎我们的经济效益。

我们开始了短暂的对话，他平实朴素，当听说是为了那个孩子的事情来时，他笑了，雪白的牙齿闪动着：我可不是为了出名，真的，当年资助他，完全是当时自己太寂寞、太孤独了。我没有亲人，也没有太多的钱，但我有手，我从废报纸上看到了他的消息，后来抱着试一试的态度给他邮了100块钱，让我没有想到的是，他居然给我回了信，信里充满了温暖，让我原本冷却的心一下子热闹起来，我想着，自己从来没有感受到这种贴心的暖和，就当是为了自己的心不再孤独吧。

就这些吗？我与我的朋友感觉诧异万分，他资助人，竟然是为了弥补自己内心的孤独，找到一种久违的温暖感。

当明白这一切后，我突然间感到羞愧万分，自己的世俗猜测差点将一位老人善良真实的心染成了一片苍凉，在灯红酒绿的城市一隅，这种温暖触痛了我的灵魂。

每个人的人生旅程都不会一帆风顺，遇到劫难时有人帮最好，如果没有人伸出援手，最好的助手就是自己，比如我们可以用左手搓搓右手，告诉自己已经有温暖降临身边。

原来，温暖也是可以制造的。

出丑也是一次难得的机遇

1947年香港维多利亚小学，四年级的小学生们正在中文老师的带领下进行一场演讲比赛，演讲的题目是“我的理想”，这是个非常普通却又能够锻炼人意志的话题，同学们三三两两地议论着，不时有人打起了口哨，中文老师的眼睛循声望去，调皮的孩子们马上收起了鬼脸。

比赛开始了，同学们个个好像准备得十分充足，有的理想是长大了做一名科学家，有的理想是做一名像鲁迅一样的文学大师。

轮到一位个子矮矮的小男孩，他的发音有些颤抖，显然是平常没有多发言的缘故，但他的内容却着实让大家吓了一跳，继而便哄堂大笑起来。

他的内容是这样的：我的理想是自己做一块炸弹出来，然后将自己崩到天上去，我就可以环游整个世界啦！

中文老师也忍俊不禁起来，年少的孩子好像自己丢了丑，不停地抹着眼泪下了课堂，教室里的喧嚣声响成一片，有鼓掌的，有喝倒彩的，不知道是夸奖还是嘲笑，总之，这个男孩子认为自己出了丑，还没有下课，他便一个人跑回了家。

从那以后，同学们见到他，便会讥笑他的理想：你会造出炸弹来吗，开玩笑，还把你崩到意大利呢！

小男孩生了几天闷气后，不服输的性格马上占据了上风，他非要自己造出炸弹不可，接下来，他准备了许多材料，忙活了几天，但炸弹确实没造出来，倒是折腾出了一台半导体收音机，打开来，居然收到了广播，他喜出望外，继续折腾自己的创造梦想。

一个偶然的契机，他果然制造出了炸弹，他为了证实自己的杰作，他领着许多同学到大街上去，他要当众引爆自己的炸弹，炸弹果然爆炸了，幸亏没有伤到人，但这足以证明，他绝不是一个随便说大话的年轻人。

后来，他来到了英国继续钻研喜欢的化学专业，他在一篇论文中提出了一个设想：用玻璃纤维作为光波导用于通信。这条观点一经发出，人们都认为他是个神经病，这是绝不可能的事情，简直是在开国际玩笑。但事实胜于雄辩，他于10年后制造出了世界上第一款石英玻璃，发明了光导纤维，使科学界大为震惊。

高锟，被人们称为“光纤之父”，由于他的杰出贡献，1996年，中国科学院紫金山天文台将一颗于1981年12月3日发现的国际编号为“3463”的小行星命名为“高锟星”。2000年，高锟与邓小平一起被《新闻周刊》选为“二十世纪亚洲风云人物”。并且，他于2009年10月获得了诺贝尔化学奖。

“如果没有当初的出丑，我恐怕仍然是一个默不作声的孩子，那次出丑改变了我，让我明白：出丑也能创造出机遇。”高锟如是说。

花1000小时造1条香蕉鱼

1934年，美国宾夕法尼亚州一所军事学校里，正在进行一场别开生面的擒拿格斗比赛，警官法格尔先生怒目而视着眼前这些刚刚入校的学生。

他是个以残酷而出名的教官，力大无比，能够一只手抓起三个学生，然后轻松地将他们扔到5米以外的任何地方。

首先是三个家伙走了过来，法格尔微微笑着，以迅雷不及掩耳之势将三个家伙扔到了九霄云外的某个地方，接下来，连续不断的三四拨学生遭到了同样的境遇。

一个毛头毛脸的家伙站了出来，他想一人挑战法格尔，他的解释是这样的：三个人，很容易被打倒，因为力量处于分散状态，还不如一个人集中力量全神贯注效果好。

他的话显然激怒了法格尔，这是在挑衅一条颠扑不破的真理。

他用手示意毛脸家伙走过来，然后他伸手想抓住他的腰带，可他没有成功，因为这个孩子十分灵巧，巧妙地躲过了一劫，法格尔受到了羞辱，他选择了暴发式的袭击方式。

可任凭法格尔如何努力，他就是无法抓住这个家伙，因为他的身材太矮小了，并且他的速度之快与法格尔的笨拙体态形成了鲜明对比。

这堂课，这个毛脸家伙无疑成为胜者。

第二天文化课上，法格尔依然到了现场，他趴在地上，要求大家解释他像什么？必须要贴切，否则就得挨军棍，50军棍。

大家纷纷说着赞誉之词，唯独那个毛脸家伙，他不知道天高地厚和法格尔的蓄意报复，他这样说道：教官先生好像一条香蕉鱼。

香蕉鱼，法格尔蹦了起来，他根本没有听说过这种鱼。

你解释清楚，什么叫香蕉鱼，我为什么像它？

香蕉鱼就是长得像香蕉样子，一见香蕉就着迷的一种鱼，它吃完所有的香蕉后，便被撑死了。

是说我偷吃了香蕉，说我长得胖，打他50军棍，我让你知道，这世上根本就没有香蕉鱼。

毛脸家伙挨了50军棍，幸亏执法的学生们手下留了情。

但接下来军事学校的日子里，他十分不好过，因为法格尔先生每日都在用异常的目光望着他，好像随时会像一只猛虎一样下山咬住他的屁股。

他不得不选择提前离开学校，因为他自己也觉得，他不是个军事天才。

临走时，他告诉同学们：这世上有香蕉鱼的，我宁愿花时间造一条香蕉鱼。

这个叫塞林格的家伙，将自己关在山屋里将近50天时间，他花了近1000小时的时间，写出了一篇文章《寻找香蕉鱼的好日子》，在书中，他阐述了一段许多人看不懂的故事，末尾处，他告诉大家：这世上有一种鱼，爱吃香蕉，并且吃完后便被撑死，这种鱼就叫作香蕉鱼。

但这篇文章并没有被大家认可，许多人看过后，觉得这个家伙是不是疯了，用没有的东西迷惑大家的情感神经。

他接下来，又写出了一本书，叫作《麦田里的守望者》，这本书让塞林格声名鹊起，几年下来，竟然销售了6000万册，简直是匪夷所思，他赚了个盆满钵盈。

花1000小时造一条香蕉鱼，也许听起来让人觉得不可思议，但塞林格却让人们看到了一份久违的惊喜，只要有信心、决心，即便是这世上没有的东西，也照样可以让它们如“雨后春笋”。

虽然有些嚣张，但不得不让人们伸出大拇指。

奋斗是笔，生命如画

这是一个再普通不过的、丝毫没有任何特质的漫画小生，他整日伫立在华盛顿的街头，周围的白眼与他的执着形成了鲜明的反比关系。警察走过来许多次，但一见到他那身寒酸的衣服便不忍心将他驱逐出境，直至后来，警察先生低下身子说道：你可以在此地卖画，但一定要学会避嫌，不让我们的领导发现此项不合格，对你对我都十分不好。

他依然心无旁骛，眼睛一眨也不眨，只是有人问津于他的漫画作品时，他则反应神经过敏起来，哪幅画，这幅呀，这可是根据日本传统故事改编的。对方回答着，他又回答道，什么，要美国本土的作品，暂时没有，我只是喜欢临摹外国的作品。

他一直这样等待盼望下去，直到太阳落了西山，仍然没有人买下他的一幅作品。

他十分沮丧，觉得老天对自己不公，他考虑着是否自己真的在走一条绝路，许多人都说他的作品呆板，缺乏灵气，但他认为，这是一种特立独行的专业化创作之路，就像梵·高的作品一样，总会有人赏识的，他拒绝修改自己的创作套路。因此，这才导致了许多人不爱看，因为第一印象极为糟糕的作品，观众们顿时便失去了观赏的欲望。

第二天上午10点，一个老太婆接近了他的画摊，她左右打量着这些画，最后挑选了一张画作，她问年轻人：我小孙子喜欢漫画，我拿一幅吧，多少钱？

权当送您了，不要钱，他说出话时斩钉截铁。

不要钱可不行，不要钱说明你的画作价值太低，我给你多一点吧，你已经待了好些天了，权当是鼓励吧。

第三天上午同一时间，老太婆又出现了，她招呼着周围的观众大声叫嚷着：难得的好作呀，只是怀才不遇，我孙子的老师点评他的作品堪称一绝，当今恐怕没有几个人能够与之媲美。

她又买了几幅画作，临走时还回头说着：等我呀，不要让他们抢光啦。

当日，有许多人开始对他的漫画作品感兴趣，他的收获颇丰，至少能够进行一场别开生面的晚餐了。

这个叫马克·费雷的年轻人，由此走向了一条通往漫画的创业之路，直到2008年底，他的母亲不幸去世时，他才知道了母亲的良苦用心，他发现了许多自己的作品，就在母亲的橱柜里，它们被母亲打成一个包裹，包裹上面赫然写着：我儿画作，值得收藏。

母亲为了自己有所发展，悄悄地雇了人前去购买他的画作，只是为了鼓舞他的士气和斗志；只要不停止，生命就会有所斩获。他答应了母亲的临终遗言，并且从未停止过奋斗的脚步。

2010年4月初，他荣获了一年一度的美国普利策漫画创作奖，在此之前，他的大量作品刊登在网站SFGate.com上，他获奖的理由是：以执着的心态完成创作，漫画天使也在向他招手。

我们每个人手中都有一支犀利的笔，你可以用它画天、绘地、描人生，有些人将这幅作品画成了一幅浓抹重彩，而有些人，将这幅作品扔给了时间和悬崖，或空白无物，或信手涂鸦。

生命如画，奋斗的笔就在你的手中。

在掌心跳舞的天使

5岁的夏奇拉看了一则童话故事，故事中讲述了一个小女孩在掌心里跳舞的故事，小女孩翩翩的舞姿吸引了白马王子的注意，后来，她每天都在王子的掌心里跳舞，他们过上了浪漫温馨的爱情生活。

这只是一则童话故事，但夏奇拉却刻骨铭心，她找到是作家的父亲，要求他做自己的白马王子，父亲听她流着泪讲述了小女孩在掌心跳舞的故事后，笑着说道：你也可以在掌心跳舞呀，不过，是在爸爸的掌心里跳舞。

说到做到，夏奇拉身材瘦弱，体态轻盈，她爬到父亲的掌心里准备起舞，却意外地在抬脚过程中跌了下来，她的额头受了伤，却没有阻碍她的跳舞梦想，才几天工夫，她将父亲的双手磨成了千疮百孔，后来，不得已的情况下，父亲为她定做了一个手掌模型，她欢呼雀跃。

8岁那年，她参加了哥伦比亚全国音乐大赛，她报的题目仍然是掌心舞蹈，一个小女孩站在一个模拟的手掌心里孤独地跳舞，当歌声响起来后，全场被震撼了，大家不敢相信这颤音来自一个年仅8岁的孩子，从那天起，父亲发现了一个有音乐天赋的奇才。

但比赛的结果却令夏奇拉大失所望，评委认为，她的舞蹈别具一格，但她的颤音太强，不符合国家音乐元素，听起来有些像一只公羊。这样的评论令许多观众不满，但权威的结果就是她被刷了下来，无缘晋级下一轮比赛。

夜晚时分，夏奇拉赌气撕毁了自己写的所有诗作和歌本，她用了一个夜晚的时间哭泣，父亲劝慰她：你还是个孩子，已经很不错了，学会失败不是一件坏事。

为了锻炼她的意志，父亲每天带着她去一家餐厅，她的工作就是站在桌子上跳舞和唱歌，以吸引更多的眼球和目光。终于有一天，一个中年人站在了她的身边，问她是否愿意出一张属于个人的唱片，她大喜过望，年仅10岁的她得以有机会签约索尼哥伦比亚唱片公司，当年，她出具了自己平生第一张唱片《魔力》。

夏奇拉成功地将肚皮舞和唱歌的技巧相结合，开创了拉美以魅惑为主的音乐之风。2006年4月27日，她获得了6个拉丁排行榜奖项，使得她称为当晚最大的赢家。这些奖项包括年度拉丁流行乐专辑（Fijacion Oral 第一部）和年度热辣拉丁歌曲（La Tortura）。

2010年南非世界杯上，夏奇拉以一首主题曲《非洲时刻》技惊群座，此曲被选为2010年南非世界杯官方指定全球唯一主题曲。

不是我们没有尖尖玉脚和惹人的身材，我们只是缺少时间、信念和力量。不要总抱怨我们没有天赋，有时候，天赋就是那双迷人的舞鞋，我们却一直没有将它们穿在脚上。

麦克的NBA

1967年3月，年仅17岁的麦克报名参加了美国西点军校篮球队，他希望早日能够被NBA选中，这是他从一生下来就产生的梦想。

那年的夏季，美国NBA到西点学校挑选篮球成员，但他却因为弹跳力弱被刷了下来，这让他痛心无比，他一度不想再打篮球了，而想改学军事政治专业。

当天傍晚，他却意外地接到了远在芝加哥的父亲的电话，父亲在电话里没有劝慰他，而是告诉了他一个让他有些欣喜的消息，家乡的大学想对外招聘教练，父亲问他有没有兴趣？

他很想告诉父亲：我是个没用的人，没有被NBA选中，如何能够当合格的教练？

他不想让父亲伤心，而是对父亲说道：我明年毕业后，我考虑这件事情。父亲告诉他，现在仍然要刻苦训练，你入选不了NBA，照样可以培养出能够进入 NBA 的学生。

一年以后的夏天，他接到了家乡大学的一封聘书，杜比校长亲自写来的，他马不停蹄地向家乡赶，然后接手了家乡大学一个濒临绝境的篮球队伍。

一切从零开始，他心猿意马，觉得在这个地方当一个破教练对自己的提高没有好处，中间他一直反复，他曾一度扔下学生不管，跑到杜克大学去参加他们的篮球比赛，他的 NBA 梦想仍然未死。

父亲于一个黄昏找到了他，他告诉他，芝加哥市年底要进行一场篮球比赛，给自己一次机会，证明你可以带好一支队伍。

这句话使得麦克突然意识到自己肩上责任之重，他埋下头来，开始关注于篮球队伍水平的提高，由于他的努力，加上学生们的好学，在年底的芝加哥市篮球比赛上，这支名不见经传的队伍居然得了第三名，同年末，他意外地接到了杜克大学的聘书。

在杜克大学里，他淋漓尽致地展现了伯乐的才能，虽然不能作为一名篮球队员奔跑于沙场上，但照样可以成为一名出谋划策的好军师，他研究了一套别具风格的教学软件，并且研读了 NBA 历史上几乎所有名将们的夺冠风采，他的目标只有一个，夺取 NCAA 的总冠军。三年后，他实现了这个愿望，并且被当成模范教练引入了 NBA 国家队。

从 2004 年开始，他开始接手梦八队的训练工作，他带领着梦八队夺取了北京奥运会的冠军，并且在 2010 年 9 月，他带领着年轻的、赛前一直不被看好的梦九队夺得了男篮世锦赛的金牌。

他就是老 K 教练，他从未在美国 NBA 打过球，却成了 NBA 的一名金牌教练，当有记者问及他的感受时，麦克·薛修夫斯基这样说道：只要你努力，上帝总会安排一块适合的土壤让你的梦想开花结果。

给我一个足球，我还你一瓶眼泪

1950年的波黑特拉夫尼克市，枪林弹雨像一朵悄然释放的魔花，吞噬着这个古老的城市，政府与反动武装进行着激烈的搏斗，逃荒的人逶迤着奔向远方，在这种环境下，人们除了渴望生存外，决然不敢有更多的奢想。

一个瘦弱的10岁左右的男孩子，正夹杂在难民潮中向前方进军着。他明显有病，跑不了多少步，便气喘吁吁，身后的母亲一边照顾着弟弟和妹妹，一边拉扯着他东张西望的身躯，让人感到奇怪的是，他的眼角竟然闪烁着常人不易察觉的微笑。

但不幸的是，他还是与母亲走散了，他孤独无依地蜷缩在陌生的街角，看着一队队的士兵从他的眼角掠过，他们就像鸟儿，在属于他的天空中尽情扇动着翅膀。

终于，他锁定了自己的目标，因为在远方，有一个崭新的足球正赫然躺在草丛里，在这样的战争年代，没有人不顾生命去捡拾这枚光鲜的足球，而他却拉近了身体与足球之间的距离。

他自小喜爱足球，波黑没有发生骚乱时，他曾经是小镇上稍有名气的足球队的一员，只要跑动起来，大家才感觉出来，他是一个多么灵巧的人，不是呆坐不动时孱弱的身躯。

当他的手触及足球的边缘时，一支枪阻挠了他的视线。

一个低矮的反政府武装士兵也发现了那个足球，他将足球抱在怀里，然后示意他马上滚开，否则会让他品尝一下子弹的特殊味道。

它是我先发现的，孩子发出了强有力的反抗，并且他没有害怕、恐惧，他的目光如电，他就像一只快要爆发出来的小老虎。

你先发现的，笑话，我里面有枪，你呢，你拿什么与我抗争，与我交易，你能够拿出一件交换足球的信物吗？

不，我什么都没有，但除非你杀了我，否则我不会放弃要回足球的机会。

这太不值得了，一个足球，如果要了你的命，大家会耻笑我的，我劝你快点走吧，我有好生之德，我可不想伤害一个乳臭未干的孩子。

双方一直对峙着，孩子并没有放弃，而是充满了战斗力，他一直盯着足球看，仿佛它就是自己脚下经常流动的那个足球，拥有了它，就拥有了希望与未来。

士兵有些着慌，但他想起了母亲的叮咛，他是决然不会用枪去杀害这个10来岁的孩子的。

你用一个可以交换的信物换回足球，也算给我一个台阶，我给你30分钟时间，但这个信物必须让我心服口服，我在原地等你。

说完，士兵席地而坐，将足球放在旁边的草丛上，悠闲地吸着烟，他甚至从怀里掏出了烈酒，抽动着嘴巴品尝着佳酿。

孩子跑远了，他到处去寻找信物，哪怕是一枚金子、银子，或者是一张小小的银票，但他什么也没有找到。无奈之下，他只好坐在一个墙角，痛苦地哭泣起来，眼泪瞬间流成了大海。

不知何时，士兵竟然站在了他的身边，他刚想站起身来，以示意自己的彻底失败。

但士兵却笑了，他伸出手来，兴奋地从孩子的脚底下端起一瓶水来，原来，这是一只破碎的瓶子，刚才孩子的眼泪与雨水混杂在一起，聚集了一满瓶子。

你应该是世界上最美好的礼物了，如果将它送到报社去，我相信能够获得本年度最佳照片奖：一瓶子的眼泪，来自于一个饱受战乱痛苦的民族，来自于一个渴望和平的孩子。

士兵将足球郑重地交给了孩子，然后抱着一瓶眼泪离开了街头。

10天以后，波黑当地最大的报纸刊登了这样一幅照片：一个衣着凌乱的孩子，不停地哭泣着，他的身下，是一大瓶的眼泪，作者以匿名的方式发表。这幅作品发表后，引起了极大的震撼力，许多中间人士开始调停这场战争，波黑一度出现了空前和平的局面。

这个孩子得到了足球后，喜出望外，他利用难得的和平良机，组建了波黑历史上第一个正规的足球队，并且在短短的一年时间里，他打出了国度，走向了世界。

布拉泽维奇，注定一生与传奇关联，他体弱多病，却依然在多灾多难的原野上播下足球的种子，多年之后，他离开了百孔千疮的故乡，走入了颠沛流离的江湖生涯，他将足球的种子遍撒欧洲各地，让许多知名的不知名的足球之花在春天的田野里怒放。

2010年12月，他临危受命中国国奥足球队，开始了新的征程，他斩钉截铁地说道：不是可能第一，我就是天下第一。

记起了一位哲人说过的话：眼泪是成功行给失败的贿，是岁月向人生征收的所得税。

不要为失去一个座位而哭泣

巴西利亚最大的一家演讲馆里，座无虚席，著名的政治家保尔先生正在做着巴西前景的演讲，由于是免费的，加上这个非常时期人们的心情极度慌乱，因此，吸引了众多人的光顾。这其中不乏伟大的政治家和集团人物，他们有的怒目而视，似乎对这样的演讲嗤之以鼻但却又不能听之任之，有的脸上流淌着喜悦之情，因为巴西之子保尔被大家寄予厚望。

一个10多岁的小姑娘挤入人群中，她个子极矮，因此，她无法看清楚偶像的面孔，而只能站在最后排无望地哭泣。

没有座位，连一个马凳也没有，小姑娘声泪俱下，可是没有人可怜她，她手中握着笔和本子，好想找个位子坐下来，将心中所想与演讲的内容相结合，写出一篇振聋发聩的新闻作品，从而呼唤反政府武装还巴西人民以和平。

一个大胡子模样的人与他同样的处境，他的脸上也写满了焦急，他手中的本与笔不停地颤抖着，屋子十分狭窄，没有多余的空间，大胡子刚将本子放在前排的椅柄上，便脱落下来，他无奈地苦笑，索性蹲了下去，然后将右脚踮起来，屁股刚好坐在自己的右脚上面。

大胡子兴奋不已，扭过头看见伤心欲绝的小姑娘，笑笑：孩子，不要为失去一个座位而哭泣，座位是人找出来的，你看，这是大自然的恩宠。

小姑娘破涕为笑，按照大胡子的做法如法炮制，她勉强地写完了通讯稿。

她没有获得与保尔见面签字的机会，因为在演讲进行到一半时，枪声四起，保尔倒在枪林弹雨里，那个大胡子越过人群，将保尔的尸体藏了起来。

巴西的政治随着一场演讲会的结束而又进入了腥风血雨，到处都是炮声，无休无止，小姑娘的报社也面临着倒闭的风险，她回去后向大家讲述了整个经过，勉励大家不要为失去一个座位而哭泣，而应该奋勇当先，挽回巴西的和平尊严。

这个叫罗塞夫的女孩子果然不负众望，她多年以后涉足政坛，凭借着得天独厚的天赋与良好的政治教训素质而跻身巴西政坛高层，2010 年，她成为巴西历史上第一位女总统。

多年以后，她依然十分感谢那个促使她改变人生观念的大胡子，他的名字叫卢拉，是罗塞夫的前任总统。

很多时候，我们总是在为失去一个座位而哭泣，却没有想过该如何找到那个丢失的位子，没有座位，马凳也是最好的座位，如果连马凳也没有，我们便索性坐在自己的脚上，因为人总是靠双脚走路的，我们总能找一个适合自己的人生坐标。

如果你到巴西的演讲馆里，总会遇到许多个坐在自己脚上的年轻人，因为他们将脚当成了世界上最好的座位。

椰子只能落在你的身旁

1987年，英国首都伦敦，一个年仅21岁的刚刚从大学毕业的学生，正排着队在一家金融公司门口应聘。

他满脸不屑，似乎对这一切充满了鄙夷，但他不得不接受父亲的谆谆教导。他是赌气过来的，因为满身富贵之气的父亲拒绝了在自己的公司为他安排一个满意职位的要求，他一向对自己要求残酷。

他排了近一上午的队，但直至吃饭时分，仍然没有轮到自己。他无路可退，想到昨晚的铁骨铮铮，他想他不能输给父亲，他与几个小伙子待在一起，吃盒饭，闲聊天，渐渐地，他觉得他们的生活也挺好的，他迅速地融入他们当中，很快成了好朋友。

在下午的面试中，这个叫卡梅伦的年轻人，一鼓作气，连续闯关成功进入了复试，在最后的较量中，他险胜了对手，从而跻身为这家金融公司的一员，他需要在这个地方当上3年的职员。

离这家金融公司不远的地方，有一条街，那条街的名字叫唐宁街。唐宁街10号，是所有英国孩子的梦想，当一辆崭新的轿车从里面驶出来时，卡梅伦的目光中藏满了艳羡。

在这家公司工作了近一年时间以后，他找到了自己的父亲，说想换一家公司，金融不是自己的喜好，他喜欢政治，想通过父亲的关系进入伦敦议会。

父亲又一次拒绝了他的要求，他语重心长地说道，你不是喜欢政治吗？唐宁街10号离你最近了，若想成功，你自己努力，不要通过我的关系。

时间来到了1991年，一次偶然的时机，在英国保守党做政策研究的他被借调到了唐宁街10号，他喜出望外，站在首相官邸前，他感慨万千，并且努力工作，因此受到了首相梅杰的高度赞扬。

十年磨一剑。2010年，唐宁街10号换了主人，戴维·卡梅伦成为英国历史上最年轻的首相。

有一个学生问柏拉图，成功如何才能够降临自己身上？柏拉图只回答了一句话：椰子只能落在你的身旁。学生不解，追问时柏拉图早已经拂袖而去，这个年轻的学生一直在揣摩老师这句话的真谛，可是百思不得其解。

一日，他路过椰子林，看到一枚椰子果从树上掉了下来，正好砸在一个年轻人头上，年轻人当即摔倒在地，人事不省。这个学生大悟：原来成功不可以砸在你的头上，它总会与你若即若离，而你要想成功，需要跨越一大步，去追上它。

这个学生，名字叫黑格尔。

一个人的舞蹈

一个年仅11岁的小姑娘，无助地站在偌大的比赛场上面，下面没有一名观众，台上没有一个教练，她却执着地向着台下鞠躬，向着空无一人的裁判席致意，然后煞有介事般地登上自己的比赛场。从平衡木到跳马，再到自由体操，最后直至高低杠，当她意外地从高低杠器械上掉下来时，她的双眼早已经装满了泪水，没有人安慰她，她一个人坐在场边的台阶上，哭声惊动了弯月。

这样的一幕发生在美国密歇根州体操馆内，这个小姑娘叫韦伯，自幼喜欢体操，曾经参加过数次国内大赛，却无声无息地被失败的洪流淹没在奋斗的路程上。

为了达到进入国家队的目标，在父母的帮助下，她租赁了密歇根州的体操馆，启蒙教练给她的指导原则只有一条：学会一个人舞蹈。

从此以后，体操馆内，只有他一个人，教练远远地通过视频镜头观看她的每一个动作，并且会通过传话筒说给她听，她需要马上改正过来，每当夜幕降临的时候，韦伯总会一个人坐在台阶上面，看着庞大的体育馆发呆，一个人的努力，让她学会了坚强，让她学会了心无旁骛，让她学会了自信。

12岁那年，她参加了全美体操锦标赛，由于成绩突出，她顺利地进入了国家队，实现了自己的初级目标，她并没有因此而停止奋斗，她的目标是站在世界锦标赛的领奖台上。

训练场里，每逢大家休息的时候，她常常一个人来到训练场上，她仔细揣摩每一个动作要领，观看视频，进行改正，直至东方泛白。

14岁那年，她已经成了全美体操界的精英，她喜爱难度高的动作，但就是稳定性有所欠缺，在世界大赛上，她好些次都与金牌失之交臂，她为此愤怒不已，曾经产生过离开体操队的念头。

2011年，她正好16岁，她有幸参加了在日本东京举办的体操锦标赛，并且在女子个人全能方面，她进入了决赛阶段的比赛。

这是一场近乎残酷的竞争，在最后一个项目自由体操未结束之前，她依然落后俄罗斯选手科莫娃，自由体操比赛开始了，这是她的强项，也是她一个人的舞蹈，在如梦的乐曲声中，一个小姑娘翩翩起舞着，最终，她超过了科莫娃，成了体操世锦赛女子个人全能冠军。

许多时候，我们都是一个人在人生的舞台上跳舞，有时候残酷得竟然没一个观众，没有乐曲为我们伴奏，我们缺少的并不是能力，而是缺少挑战自己的勇气、自信与坚强。

你就是自己的个人全能。

每一朵花都有路

康宁原来是个优秀的孩子，学习成绩很好，最近一段时间，每逢上课时，她一直低着头在下面做小动作，她的表情告诉我，她遇到了十分烦心的事情。

果然，下课时问她原因，她却哭了起来，她的父母在闹离婚，每逢晚上时分便是打架，她连饭都吃不上，我问她父母离婚的理由，她的回答却让我愕然，她竟然不是父亲的亲生孩子，个中的理由恐怕一言难尽，我不想再追问这个受伤的孩子了，除了劝慰外，我找不到更好的理由。

我还是下定决心要去做一次家访，她的母亲接待了我，用憔悴不堪来形容她母亲的表情，有过之而无不及。她一开口便说给学校带来麻烦了，接着便讲了她家里的故事：原来，康宁竟然是她与另外一个男人生的孩子，她一直隐瞒康宁的父亲 10 多年时间，这也是他与她离婚的主要原因。

我找不到适合的借口安慰她，孩子是无辜的，我拉着康宁，让她住进了学校的集体宿舍里。

一周后，却接到了康宁准备离校的消息，康宁的母亲满脸愁容，拉着康宁的手一步三回头，在学校门口，康宁的姥姥拦住了她们。

三日后，康宁重新来到了学校里，我带头鼓掌欢迎她的归队，她现在每天住在姥姥家里，与姥姥相依为命。

而家庭的遭遇却改变了这个孩子的人生观，她开始自暴自弃，原来优秀的学习成绩一落千丈，我教育了几次都没有效果，一个心灵受了伤的孩子，我找不到医治这道伤口的良药。

在孩子的日记里，我发现了这样的内容：我是个受伤的孩子，我已经无路可走。

自然课时，我叫了几名学生一块儿散步，我们来到了一大块花圃前，正是月季怒放的季节，几名同学好奇地低下头去看花朵、花瓣，康宁却低下头去用脚踢路边的石块。

花有路可走吗？我突然问大家。

同学们面面相觑，我却向大家使着眼色，一名同学回答道：当然有，人有路可走，花也有路可走，连地上的一只小蚂蚁也有路可走，这是我姥姥说的，我姥姥可是一位智者。

大家哄笑着，我却说道：一朵受伤的花也有路可走吗？

同学们来到了一朵受伤的花前，花虽然怒放着，但花瓣上却有明显的昆虫噬咬过的痕迹。

同学们不知道如何回答我高深的问题，我却说道：

一朵受伤的花当然也有路可走，她会昂然向上，用信心去医治伤口，用春风去抚慰伤口，她迎来的照样是一个姹紫嫣红的春天。

从那天起，康宁会时时隔着窗口去观察窗外花圃里的那朵受伤的月季花，花儿的伤口影响着她的心情。

令人奇怪的是，校园里其他月季花相继凋零了，可那朵受伤的月季依然艳丽如初，同学们纷纷围绕这朵坚强的月季花写作文，在康宁的作文中，我看到了这样的话：每一朵花都有路，哪怕她是一朵受伤的花，我也是一朵受伤的花，我要迈步向前。

在夏季过去时，我趁着一个傍晚来到花圃前，将那朵塑料的月季花摘走了，我会一直将它珍存在心灵的佛龛里，因为它记录着一个关于爱的接力赛，而我们都是这场比赛的胜利者。

虚构的天使

(1)

超市又发生了失窃事件，我怒火中烧地调看着录像，就是无法发现罪魁祸首。丢失的虽然只是几包奥利奥，但对我的业绩影响极坏，我是超市的营销经理，曾经获得过无数荣誉，现在在我手里发生这样的恶性事件，我如何对得起自己的辛苦?

失窃事件并没有因此停下来，我找到了规律，每逢周二、周四和周六，失窃事件便会离奇发生。我在食品专柜前装了一台微型的摄像机，摄下了丢失的整个经过。

果然是他。大刚，五十出头，乡下农民，他的儿子 13 岁，幼时走失，3 年前从广州人贩子手里抢了回来，当作掌心宝贝，大刚感激我对他家的帮助，答应一辈子跟随于我。

可惜的是，他的儿子不学好，学会了吃喝嫖赌，不消几日，便将他的家底花了个干净，可怜大刚的老婆本来就有神经病，每天都需要吃药。当时，还是我发了好心，将他与他的儿子统一招到了超市里，他的儿子成了最年轻的童工，如果让劳动部门知道，我一定会落下一个用童工的罪名，但情感大于一切，我还是破了例。

没承想，他儿子酒后失手将一位顾客捅伤，那人救治不及时，失血过多，死在医院里。他儿子成了少年犯，现在仍然被关押在少年监狱里。

(2)

大刚低着头，站在我的面前，一个劲地摸索自己的衣角，任凭我的数落像狂风暴雨般地砸下来。

“我看，将你扭送派出所吧。”

最后一句话分量极重，我听到了天塌下来的声音。

大刚跪了下来：“哥，我全是无法呀！”

“你该不会告诉我，你拿了奥利奥是送给你狱中的儿子吧？他不配，大刚，你醒醒吧。”

我义愤填膺地觉得上天对他不公，好不容易找回了儿子，却成了一个不成器之才。

“你误会了，我好长时间没去看他了，他就那样吧，死活看天意，是为了老婆。”大刚语塞了。

“老婆有神经病，好歹孩子回来后，症状减轻了许多，到现在为止，她都不知道儿子入狱的消息，倒是以前，在超市时，隔三岔五的我就捎几块奥利奥给她，说是孩子买给她的，她高兴万分，认为儿子长大了，孝顺了，没有白找他。

“其实，他早被我们惯坏了，吃里爬外的东西，他是绝对不会孝顺她的，奥利奥全是我买的，不过是一个谎言罢了。

“但她当了真，几天没有收到儿子捎来的奥利奥，便以为出了大事了，非要吵着来超市找儿子，有好几次，她走失了，逢超市就寻找儿子，将市里的好几个超市转了个遍。

“家里太穷了，我起了坏心，便将奥利奥装进了袋子里，欲壑难填呀，后来便收不住了，酿成大祸，哥，您原谅我吧。”

(3)

眼泪再也控制不住了，我从货架上拿起几包奥利奥来，塞进一个袋子里，扯着他的衣裳，去了他家。

看到了奥利奥，在病中的老伴安稳了许多，一边吃着，一边对我们说道：

“儿子绝对是个天使，上天还给我们的天使，她随我，将来一定可以成为领导人。”

我一时语噎，不知道如何安慰他。

我与大刚去了监狱，我告诉了他孩子关于奥利奥的故事，孩子泣不成声，咬烂了手指发誓一定要浪子回头。

以后的诸多日子里，我都会将自己的工资拿出来，让他准时将奥利奥带回家，他的孩子判了5年，我也答应了他：我会在这个超市再坚持5年时间，我们一同等他的儿子回家。

为员工开车的老板

已经到了下班时分，班车早早地等候在厂门口，司机戴着鸭舌帽，按部就班地坐在驾驶位置上，员工们陆陆续续地上了车，司机清点了人数，十分负责地将没有上车的员工名字记了下来，然后逐个打电话询问，确认无误后，班车出发了。

司机的开车技术很一般，正逢大雾天，他小心翼翼地驾驶着。

这样的结果引来了员工的不满，大家高谈阔论，对公司的某某领导不满，对公司的管理缺乏人性化而遗憾。

开车的司机一本正经，一边倾听，一边向前走，有些员工需要早下车，他将车稳稳地停在路口，然后对下车的员工说再见。

“这人车技不咋样，但人品好。”他们是头一次遇到如此负责的司机，甚至每个路口，他都做下了标记。没有人知道他姓什么，叫什么名字。对这个上万人的企业来说，员工甚至没有见过老板，只是听说过他的大名罢了。

每逢周一，这个叫汉斯的司机便会准时上班，他的任务是在下班时分，准时将员工安全送回家。

但每逢周二上午，老板便会组织相关领导开会，专案研究公司的人员结构问题，连续两周，有两位不负责任的公司中层领导被免职。

老板如何得到这样的消息？员工们在车上大发感慨，认为老板英明，新的福利政策也暖人心，我们应该继续在公司内部上班，而不应该跳槽。

“汉斯，我需要早下会儿车，到前面那个路口，车停下来。”

“汉斯，我谈了男朋友，回头让你见下。”

“汉斯，你这么大年纪了还开车，小心哟。”

汉斯一一点头，摆手示意他们注意安全。

一年时间后，员工们正在工厂内部操作时，意外地发现，那个戴着鸭舌帽的汉斯出现在大家面前，许多中层领导尾随着他，众星捧月般。

有人叫着他的名字，他十分随和地挥手致意。领导的脸色铁青，想制止却欲言又止。

“天呀，开了一年车的汉斯，竟然是老板，他每逢周一为1号车开车，周二为2号车……我坐过他的车，他人好，没架子。”

这个叫汉斯的老板，经营着一家叫“伊莱克斯”的大型家用电器公司，他的总部在瑞典，全球五百强，他经常为员工开车，平易近人，他的企业业绩辉煌，一度成为全球最大的家用电器制造商。

洗手间里的面试

胡庆君总是碰壁，他只是一名没有学历的维修工，虽然自己十分努力，但一直没有找到理想的工作。

一家大型超市，需要一名手法娴熟的维修工，这家超市生意火爆，工资与奖金也不少，因此，应聘者如云，不乏名牌大学毕业的学生，更有工作多年的技师。

胡庆君随身携带着自己的维修工具，有螺丝刀、改锥，以备不时之需。

在所有应聘者当中，他是唯一带工具面试的人，有些不伦不类，但胡庆君坚持着这样做，工具就是自己的武器。

前面排成了长龙，胡庆君不停地跑洗手间，其实是为了掩饰内心的恐慌。

在洗手间里，他意外地发现了人力资源部的白经理，白经理一个箭步蹿进了洗手间里，可能是尿急，看到有人，他尴尬地笑笑。

胡庆君与白经理有一面之识，这可是一个千载难逢的好机会，胡庆君灵机一动，与正在解手的白经理交谈起来。

“白经理您好，我是小胡，上次咱们见过面，我修过一位老伯的自行车。”

白经理本来一脸窘态，在一个陌生人面前出了丑，不知道如何掩饰，但他蓦地想起来了，半年前，下班时分，在十字路口，这个小胡，三下五除二地修好了一个老伯的自行车，当时，他满脸都是敬佩。

“是你呀？面试?”白经理问道。

“是，不过，我的西装落在家里了，只穿了一身休闲服，希望不会影响效果。”胡庆君笑着说道。

一句话，拉近了他们之间的关系，白经理拍了拍胡庆君的肩膀：“不，挺帅气的。”

“经理，您说，明天的世界杯决赛，法国能赢吗?”白经理哈哈大笑起来，他一眼瞧见胡庆君随身携带的维修工具，说道：“能赢，一定可以。”

半个小时后，还没有轮到胡庆君面试，考官便叫了他的名字，他被破格录用。

洗手间里也可以面试，说来是笑话，但胡庆君抓住了这个尴尬的时机。轻松幽默的谈话，拉近了关系，随身所带的工具，更证明这个人有多么地敬业。所以，白经理力排众议地告诉考官：“我已经面试过了，半年前的大街上，刚才的洗手间里，这个人，绝对可用。”

如果一枚鸡蛋有了思想

在波兰华沙，有一家叫伯特的超市，老板伯特经营有方，超市生意十分红火。蔓延全球的金融危机肆虐了波兰，企业倒闭，消费力骤降，许多超市选择了关门。

伯特超市除了经营百货用品外，主要以营销鸡蛋而出名，鸡蛋有来自于俄罗斯的红皮蛋，还有来自于中国的乌鸡蛋，鸡蛋的生意占到了伯特超市营业额的一半左右。危机的来临，使得鸡蛋的生意大减，超市已经到了停业的边缘。

某日，一个妇女过来买鸡蛋，伯特照例用袋子盛好了鸡蛋，顾客出门不远，便出现了麻烦：袋子不小心撞到了旁边的电线杆上，鸡蛋破碎无数。顾客不得不重新拐到超市里，要了新的袋子，她需要将坏的鸡蛋清理出去，将好的鸡蛋挑出来。

这样一个简单的动作引起了伯特的注意，以前，过来买鸡蛋的顾客没少遇到这样的麻烦，正因为此，他们不敢买过多的鸡蛋，因为鸡蛋容易损坏。

如果将鸡蛋送货上门，一定可以减少顾客的麻烦。

这样一个主意让伯特喜出望外，但新的问题产生了，需要许多服务人员，鸡蛋价格不能涨？工资如何计算？伯特晚饭时分将自己的想法告诉了妻子凯妮，凯妮说道："上门服务是有条件的，必须再购买其他商品，如果总金额达到了100欧元，我们就可以上门服务。”

简直是神来之笔，经过详细计算，营业额的增加，可以满足服务员的工资，还可以增加超市的销售利润。

没有打广告，如果在媒体上做广告，成本会大大增加。超市的老顾客如云，一传十，十传百，很快，大家不需要再出门了，坐在家中，一个电话，便会有人上门送来鸡蛋，当然，你需要购买其他的商品。

伯特专门定做了鸡蛋模子，雇了两个服务员，鸡蛋闪电般地送到顾客家中，甚至邻市也会有人打电话要鸡蛋，销售额以雷霆万钧般的气势疯长。

后来，为了体现人性化的特点，伯特专门制作一些幽默册子，内容是笑话，外皮却是超市的广告，为顾客送鸡蛋时，随手会将册子与鸡蛋放在一起。这样的服务方式，幽默不失涵养，更加剧了大家对伯特超市的喜爱程度。

如果一枚鸡蛋有了思想，它也会跳跃起来，以凌厉的姿态掠夺成功的高地，赚它个盆满钵盈。

可以自己选老师的学校

在巴西首都巴西利亚的西部郊区，有一所叫利雅得的学校，学校名不见经传，但最近却暴出了惊天的消息：这所学校别出心裁地推出了“学生可以选择老师”的制度。这样的制度，在世界上尚属首次，因此，吸引了整个巴西乃至世界的眼球。

利雅得学校兴建于20世纪60年代，历史悠久，但由于管理不当，加上几任领导的不作为，到了2010年，学校已经濒临倒闭的边缘，老师只剩下老态龙钟者，学生也是学习最差者。偌大的教学楼，门可罗雀。

新任校长霍地先生十分头疼，这是政府对他的信任与考验，如果在两年任期内，无法扭转这种尴尬的局面，这所学校将面临关闭的风险，届时，这儿的土地将被卖给开发商，也许用不了几年，朗朗的读书声便会被如林的经济大潮所淹没。

霍地的家就在这儿，因此，当他被任命到此地时，他并没有做过多的考虑，只是一门心思地想着如何使百年名校发扬光大，但到达现场时，才发现自己的感觉全是错误的——他有些后悔，但已经无济于事。

霍地召开了全校老师会议，按照标准，学校应到老师120人，实到老师才20余人，一些老教师如数家珍地向新校长介绍着学校过去的辉煌历史，说到痛处，现场一片啜泣声。霍地鼓励大家振作起来，相信通过大家的努力，一定可以扭转这种局面。

要想招到学生，必须要有好老师，霍地在当地媒体贴了广告，给出了丰富的待遇，老师们应征者无数。由于政府的干预，加上学校教育有回暖的迹象，一些学生家长尝试着将孩子转回了利雅得学校。

霍地经过认真地思索后，制定出了“学生可以选择老师的制度”，定期对老师进行考核、选举，在这儿，学生们说了算，对于学生们提出的意见，老师们必须认真倾听，有选择性地接受，实在是无理取闹者，便可以直接交给学校教导处进行处理，老师无权决定学生的去留。

当地议员与群众对此事褒贬不一，认为不一定可以提高教学质量，但霍地校长却固执己见。

由于特立独行的教学风格，加上校长的平易近人，学校的生员不断增加，到了2012年，学校已经拥有师生2000余人，2013年，利雅得学校参加了巴西名校竞选活动，在全国2000多家中小学校中，夺得了第7名的殊荣，彻底扭转了原有的困境，霍地校长也因为制定了与众不同的校规和采取特殊的教育模式，而受到了巴西总统罗塞夫的接见。

媒体应约参观了利雅得学校，看到了这样的情景，一名刚刚被学生否决的老师，不得不从教育岗位上下来，去学校的后勤处工作，另外一名优秀的老师已经顶替了他的位置。

利雅得学校的校规是：学生可以选择自己的老师，学生与老师共同成长。

秋天，请收下这枚痛苦的篮球

1978年初夏，年仅18岁的邓华德迎来了自己人生中十分重要的抉择，他有幸成为芝加哥大学篮球队的一员，这得益于自己父亲超凡的篮球执教才能，以及对他良好的家教影响。从小的熏陶，加上自己的天赋，使得看起来乖巧可爱的篮球在邓华德的手心里成为一只灵巧的精灵，灵动中舞动着杀气，让对手胆寒。

从此，他改换了自己幼稚的脾气，而成为一个杀气腾腾的战场斗士。

在短短的3个月时间内，他参加了至少20场以上的篮球比赛，他逐渐成为队里的主力，有人告诉他，只要能够在芝加哥大学队获得主力的荣誉，就有可能直通NBA的赛场，这是他梦想已久的渴求。

但时间却来到了3个月后的初秋，那天，天气十分阴沉，邓华德早早地收拾好行装，因为今天有一场十分重要的赛事，芝加哥大学队应邀与到访的剑桥大学篮球队进行比赛，这可是一次难得的与外界球队切磋的机会。昨天晚上，主教练语重心长地告诉大家：对手十分强大，要注意减少犯规次数，更不能意气用事，对于裁判不公的情况，要学会理性反映。

对于这群年轻的孩子，主教练这些叮嘱是必要的，他们容易莽撞行事，总以为拳脚可以解决任何问题。邓华德的眼里流露出一丝不屑。

比赛进行着，邓华德今天打得非常不顺，他总觉得对方防守自己的小个子十分可恶，因此，他犯规的次数在明显增加，以至于失去了自己原有的水准，对方的一个障眼法也使自己眼花缭乱。在技术暂停时，主教练对他今天的表现十分恼火，很想换掉他，但瞅瞅周围实在没有可以抗衡的人，他压了压怒火，叮嘱他小心点，要淡定。

“啪”的一声响亮，震撼了全场，邓华德抬起的手悬在半空中，好半天没有落下来，他在无法容忍的情况下，给对手一记响亮的耳光，队员们愣住了，对手也吓呆了，主教练长叹一声坐在地板上，裁判员怒吼着。

只是在一瞬间，却差点改变了一个人的一生，有时候，一念之间做下的事情，却会波及整个宇宙空间。

芝加哥大学队铩羽而归。邓华德不得不面临3个月的禁赛，这对于一个以篮球为责任的人来说，无异于砍去手臂般残忍。

傍晚时分，秋风习习，邓华德手里托着篮球，愤怒地将篮球扔向半空中，落下来时，再无助地重新踢出去，直到这只完好的篮球变得体无完肤，他仍然不能罢手。

他喝了许多酒，躺在原野上痛苦地哭泣着，像一只受了伤的松鼠，寻找不到可以慰藉的过冬食物。

一个高大的男人来到他的身边，他的手里托着那枚受伤的篮球。

父亲老邓华德并没有发火，也没有唠叨和说教，他只是将这枚篮球轻轻地放在他的身边，对他说道：“这只篮球是痛苦的，因为它伤痕累累，但是它依然执着，希望你收藏好它，它是人一生的写照，每个人都必须面对和承受痛苦。”

邓华德深夜时分一直凝视着这枚篮球，他明白父亲的良苦用心，父亲让他承受且改正，坚持且矢志不渝。

3个月的时间，秋天过去了，凛冽的寒风夹杂着雪花将一个高大的男孩子重新送入了篮球场里，他成熟多了，脸上多了些伤痕却闪现着深沉。

在美国，一提起邓华德的名字，大家无不交口称赞，这不仅仅是父亲老邓华德为美国NBA做出的贡献，更是因为小邓华德败而不倒的坚强意志。

2010年4月，一张熟悉的面孔出现在中国国家篮球队的训练场上，邓华德成为国家男篮主教练，他的任期为3年。

2010年11月26日晚，广州亚运会男篮决赛，中国队险胜韩国男篮，实现了亚运会的七连冠。邓华德被队员们高高地抛起来，扔向了半空中，他脸上的刚毅绽放成一种狡黠的笑，这是一种缘于痛苦却高于痛苦的笑，一种尘世间沉淀铅华后的向往与执着，就像那枚伤痕累累的篮球，折射出完好篮球鲜有的沧桑和“江湖”。

在大街上弹钢琴

我看到那个男孩时，他正坐在热闹非凡的大街上，他的眼前摆着一架钢琴，与这个川流不息的市场十分不协调，我感觉他可能是个卖艺的，家中实在过不去了，想通过展示才华来博得一些糊口的钱财，因此，我加大了对他的关注力度。

他选择的地点十分繁华，以至于许多人都将他当成了艺人，一个小艺人。

但他的脸上始终带着笑，他弹钢琴时眼神专注，目光悠长，像在看现实世界的一幅画，一幅让人感觉迷茫却又不得不深入其中的画。

我是第一个带头向他喝彩的人，实在是他的孤注一掷与孤军奋战吸引了我，说句实话，我不懂什么叫作阳春白雪，也听不懂个中的情愫，但我还是喜欢上了他，因此，我第一个将钱放在他面前的帽子里。

等到男孩子一曲弹完后，他的帽子里竟然放了好几张百元大钞，他皱了眉头，好像感觉不满意的样子，我有些替他难为情。

他看到了我，好像是对我心存印象似的喊我。

我凑了过去，我实在对他怜惜，我是个爱才如命的人。

我是个音乐学院的学生，现在我在实习，我的名字叫小海。

他自报家门后，我与他握了手。

谢谢您的好意，但我在大街上弹钢琴，不是为了钱，只是为了锻炼自己在喧嚣的环境里学会安宁，学会适应这个复杂的社会，因为我们将来生存的地点不可能那么安静。

就这些吗？我摇摇头，感觉有些似懂非懂，因为刚才我听到一个懂行的人说，他弹的琴糟糕极了，我离开了他，以后再看到时，我故意远离他，我不知道如何面对他的回答，也许叫作另类吧，也许叫作秀吧？

一个月后的全市钢琴大赛上，我竟然又一次遇到了那个叫小海的男孩子，他弹得十分细腻，显然水平提高了许多，他得了大奖，主持人介绍他的成功经历，其中最重要的一条吸引了我，为了塑造自己临场的不紧张，他连续半年时间在大街上弹钢琴，他学会了适应各种难以适应的场合，许多人打扰他，还有些市场管理人员去非难他，但他坚持了过来，他甚至在弹钢琴时，被一帮无赖打伤了手，还好，他终于挺了过来，成为名副其实的钢琴高手。

在大街上弹钢琴，我不禁为他的执着与另类感动不已。

我们应该适应社会，而不是让社会适应我们，许多时候，我们所面对的环境是多变复杂的，并不像在简单的舞台上面，我们要学会在热闹中寻求平凡，在满眼的沧桑中寻求成功。

就像在人员众多的大办公室里，我们学会了为自己留下一块狭小的生存和工作空间，或者在物欲横流的沧海桑田里，我们为自己筑下一个温暖如春的爱巢。

一只捧腹大笑的老鼠

时间是2000年的冬日，地点是俄罗斯北高加索严寒地区，一个叫卡尔的法国记者误入歧途，无法走出这片荒无人烟的地区，这些天来，他本来是想拍出世界上最经典的冰川照片，但他没有成功，差点付出生命的代价。

夜晚时分，他有幸寻到了一个牧人遗落的农房，他点燃了残剩的煤炭，为自己准备了一份简约的晚餐。

他突然间感觉到危险已经降临自己身边，许多不知名的老鼠们，它们原本就是这儿的主人，它们面对陌生的不速之客，开始了疯狂地反击。

这可苦坏了这个年轻人，他晚上辗转难眠，因为老鼠们对他形成了极大的攻势，它们撕咬他的口袋，将他所需的热源破坏掉，接下来的几天里，年轻人不得已做出了反攻的姿态。

他有幸找到了几瓶化学药品，这下子帮了他的大忙，他利用这些黏性的药品，顺利地抓住了十来只老鼠，他将它们关了起来，用铁笼子，来吓唬那些依然苟延残喘的余鼠们。

老鼠们老实多了，它们选择了退缩，屋子里只留下十来只被俘虏的鼠辈们。

一只大老鼠显然对年轻人嗤之以鼻，它依然横眉冷对，年轻人过来侍弄它时，它采取了疯狂撕咬的不配合态度，这种态度直接带动了其他老鼠，它们随时准备与人类搏斗。

年轻人出外寻找出路，却找到了许多粮食，可能是以前牧民们留下来的，夜晚时分，他吃饭时，随手将一些苞米扔进鼠笼里。

接下来的几天，年轻人开始喂这些老鼠，他觉得，与老鼠们为伍也有独特的韵味，他甚至放弃了逃出去的念头，因为这儿实在找不到一条可以逃生的出路。

一个人会闷死的，与几只老鼠为伴也不失为一种好的选择方式。

老鼠们与他开始和平共处，直至几十天后，他们彼此十分熟悉，年轻人索性将老鼠们放了出来，它们已经对他失去了敌意，而成了最好的朋友。

老鼠们结伴寻找粮食，他们在夜晚时分在小屋里会合，分享彼此的战略资源。

更为高兴的是，老鼠们居然找到了出山的道路，老鼠们领着他走出了那条山道，然后卡尔与老鼠们挥手道别。

那只特大号的老鼠与卡尔依依不舍，卡尔忽然想到了自己的相机，当按下快门时，那只硕大的老鼠竟然捧腹大笑起来，这简直是一张再经典不过的照片了。

卡尔回到祖国后，将这张照片刊登在《巴黎时报》上，引起了人们与动物和谐相处的最大共鸣。

动物也是会笑的，前提是人类该如何温馨、平等地对待它们，不让它们饱受战乱疾苦，不让它们面临猎杀与逃亡。

一只捧腹大笑的老鼠，笑出了它们的豪放与天真，笑出了人类固有的无知与野蛮。

清除别人门口的垃圾

1954年的意大利首都罗马，二战的阴影才刚刚散去，人们刚刚从一场噩梦中苏醒过来，拼命地享受着自由和平的现代生活，一系列消费品充斥着罗马的超市和商场，垃圾堆积如山，政府伤透了脑筋却毫无办法。

罗马郊区的田陵镇，镇上约有万人居住，家家门口垃圾成堆，开始是自家的垃圾堆向自己的门口，后来便演变成一场战争，互相堆放垃圾成风，有些人甚至采用早起晚睡的办法，将垃圾堆向自己讨厌的家庭的门口，等到第二天这家人出门时，垃圾早已经封锁了门路，于是，对骂起来，一时间，小镇的街道上，充满了不安与急躁。

镇政府领导小罗这些天正在征集民众的意见，让有识之士想办法整顿垃圾事宜，因为严重的垃圾问题不仅上升为社会问题，同时还造成了流行疾病的产生。

应征者聊聊，大家见怪不怪，认为这是政府的问题，与大家何干？

周末时分，一个10来岁的孩子推开了政府办公室虚掩的大门，他脸上尽是汗水，看来十分焦急的样子，小罗问他找谁？他说自己叫蒙蒂，是来解决垃圾问题的，蒙蒂的思想被淋漓尽致地表达出来后，小罗神经兮兮地看着面前这个涉世未深的孩子，这能行吗？在毫无办法的情况下，这就是办法，蒙蒂说话时故作高深。

政府下了公告：共建和谐邻居，互相帮助，评比优秀的邻里关系，要求帮助要有证据。

公告贴出去以后，几乎无人响应。镇上东边的两家本来关系较好，他们马上被列为奖励对象，政府兑现后，大家纷纷而起，行动起来。

在短暂的时间内，形成了这样的局面，东家门口的垃圾早已经被西家门口的人清理干净，互相清理垃圾成了一种时尚与潮流，大家纷纷争优争先，政府的人每日里只是做检查，街道恢复了宁静与安详，流行疾病的根源被扼杀在萌芽状态里，小罗手舞足蹈。

“清除别人门口的垃圾”成了一种行动口号，迅速蔓延至全国各地，大家都记住了一个年仅14岁的孩子：马里奥·蒙蒂。

蒙蒂在20余岁毕业后进入政府工作，一路顺风顺水，得天独厚的资质使得他在政府工作中游刃有余，2011年11月，意大利总理贝卢斯科尼下台，蒙蒂众望所归地被意大利总统提名为新一届的政府总理。

擅长交际是蒙蒂的特长，政府之间的人员如同邻里关系，蒙蒂最喜欢做的工作就是帮助别人渡过难关。由此，他赢得了良好的口碑，相信他能够带领意大利人渡度过经济困境。

错误是逝水年华里的关键词

(1)

我的家境阔绰，才气逼人，少年时就获得过无数奖项，自然而然，在整个校园里，由于我的家境、名气与华丽的衣饰，我成了众人眼里的宠儿，就是连校长见了我，也要恭敬三分，不然，我的父亲，可能会去掉一大部分对于学校的资金投入。

女孩子的傲气是与生俱来的，公主是用来宠的，因此，不可一世的我对班里的每个同学都不屑一顾：别人埋头苦读时，我则会蹲在榕树下面，看蚂蚁打架；别人对我的成绩怀疑时，我则喜气洋洋地捧着年级第一的成绩单大摇大摆地走过他们面前；不仅如此，音乐课上，我也是出类拔萃者，王菲的歌，我模仿得空灵入云；几个电影片段里的对白，我演绎得也是惟妙惟肖。老师将我当成了宝儿，每一次大赛上，都是有固执的身影，而我总是让他们心悦诚服。

班里有一个叫杜超的男生，眼镜近视600度了，老是屈尊于我的名下，第二名的成绩成了他的常态，他一度想超越我，但是眼镜度数很快上升到1000度了，仍然在月考中不幸败北。

其实，他们不知晓，我是个要面子的女生，虽然在他们面前肆无忌惮，但在家中，我却是个乖乖女：我会帮助妈妈洗衣服，更会在厨房里大展才艺，我更会让房间的灯亮到天明，通宵达旦地补习自己落下的功课，每晚的艺术课，也成了我的必修，钢琴需要提高水平，绘画我不能败北，为了补缺自己的弱项体育，我竟然每天早晨绕着护城河疯跑，直到自己疲惫不堪。

所有这一切，铸就了我为所欲为的资本。

(2)

与他们的正面交锋，机会并不是太多，但我十分珍惜与他们对峙的时间。杜超便是其中的一员，我常常找他茬，有时候是莫名其妙地跑过去，对着他大吼一番，而他则回过头来，回敬我："小姐，更年期提前得太早了吧。"

无语泪先流，我要处罚他，让他知道得罪我的下场。

我运用关系，将杜超参加校培训课的机会给取消了，这虽然花费了半天的时间，但是当我看到杜超坐在板凳上发呆时，我心如蜜。

杜超终于知道了端倪，站在课堂前，与我争吵："这学校已经没了公平，凭什么让一个丫头片子逞能?"

我则义愤填膺："你自己不好好把握机会罢了，是自己无能，别怪学校的老师。"

班主任终于对我忍无可忍了，我站在她的面前，这个博士生对我的行为早已经有所不齿，她指着我的鼻子："你可以去告我，我知道你有大后台，但是我警告你，你这样做，对他人不公平，对自己也是一种伤害，你早晚有一天，会为此事付出代价的。"

我没有敢将这件事情告诉父亲，一直娇惯我的父亲，一定会为此事而出头的，而我则不想给太多人带来致命的伤害。因此，一段时间里，我学乖巧了。

(3)

江一曼是个侦探小说迷，我曾经试图与她友好，因为她有着与我一样逼人的才华，她健谈，且唇枪舌剑的那种。她可以一个下午不停地说，直到说得日月无光，旁边所有的男生不堪一击，因此，我对她有些忌惮，她是整个班级中我唯一佩服的女生。

但她却对我表示反感，我接近她，主要是想研习一下侦探学。她曾经帮助警方破获了校园里的一起失窃案，声名鹊起，电视台请了她去讲经历，她侃侃而谈，大肆感谢班主任对自己的提携，包括数名同学对她的鼓励，而这其中，唯独没有提我赵小渔的名字。

在放学回家的路上，我骑着豪华的赛车，追上她，而她发觉我的跟踪，将自己破旧的自行车速度提到了极限。

我下决心与她竞争到底，因此，我策划了一场足可以“惊天地泣鬼神”的案件。

周一到学后，大家竟然意外地发现，教室后面的钟表不翼而飞。

调看了录像，无果，教室的门窗完好无损，只有两把钥匙，一把在班主任手中，另一把则属于江一曼。所有的焦点对向了江一曼，我大喜过望之余，却突然间发现了杜超失望的眼神。

(4)

不用报案，班里有神探江一曼，何况她难辞其咎，破案也是分内之事。

半个月时间，毫无结果，但当天夜里，钟表却离奇地回到了原来的位置上面，其情其景，如鬼魂作祟。门窗依然完好，学校的录像显示，没有任何人进入我的这个班级。

班主任一筹莫展，而我则喜不自禁。

他们哪里知道，我是命令矮小子杜超做下的蛊，杜超并没有回家，而是沿着水管爬到了二楼，开了窗，用一根竹竿，轻而易举地将钟表窃取后，扔到了学校的后花园里。

杜超之所以对我言听计从，是因为我答应了他：给他一次考取第一名的机会，而这个机会，对于他来讲，简直就是千载难逢。

江一曼果然找到了线索，由于身体不舒服，我请了两天假，回转校园里，竟然知道了杜超被勒令退学的消息。

事情闹到这种地步，已经超出了我的控制范围，我不知所措，欲哭无泪。好歹杜超并没有出卖我，承认是自己所为，是自己的恶作剧罢了。

我终于找到了江一曼，一杯茶，两个人交了心。

江一曼早就知道了事情的原委，她只是在等我的到来。

(5)

第一次，我在班会上向大家承认错误，由于激动过度，加上台下对我讽刺的掌声过于激烈，我晕倒了。

医院里，江一曼与杜超，像两个孩子似的痛哭流涕，对着身后的同学们大吼着："都是你们，不掌握一个度，赵小渔是有错，但是她需要尊重，理解。"

病床前，除了我的母亲外，日夜陪伴我的，还有江一曼。

江一曼成了我的好姐妹，我们到了无话不谈的地步。

一场病，竟然因祸得福，换来了一个知音。

同学们三三两两地来看我，以前我得罪过的，以前对我横眉冷对者，均在这一刻一笑泯了所有的恩怨。

我写了一篇作文，得到了老师的首肯，在班会上朗读：

错误是逝水年华里的关键词，感谢所有的不快与快乐，让我们可以继续在一起，度过难得的美好的少年时光，原谅与抱歉，已经无法表白内心的情绪，愿友谊之花会常青，让我们加油吧，明天属于我们。

眼泪早已经成河成江，台下的同学们，站起身来，为我热烈地鼓掌。

不能成功就选择失败

1892年的一个夏天，德国柏林大学的一所实验室里，突然间发生了一声惊天动地的巨响，教授与学子们奔走相告前去救火，当人们到达现场时，在弥漫的硝烟中，一个20多岁的年轻人捂着鼻子满脸是灰地仓皇逃离现场。

这个叫马尔德的年轻人被警方很快控制了，经调查发现了马尔德在违背科学地做一场自命不凡的实验。

校长皮修十分恼怒，他对马尔德说道：我警告过你，这是天方夜谭，是永远不可能成功的，你如果再这样做，就会要了你的小命。

警方将他关进了警察局里，他面临着多项指控：故意毁坏、蓄意谋财、违背科学。

一年以后，他被释放出来，去寻找皮修校长要求返还校园，皮修不理不睬地说道：你是个疯狂主义者，这种态度十分适合科学实验，但你要知道，一切实验都要建立在科学的基础之上，而不能违背科学，我不能收留你，我不想让学校变成你我的坟墓。

马尔德天生禀赋惊人，他对古今中外的一些科学实验结果均持反对态度，他一直在研究物质原子理论，想通过实验证实自己的想法，可每次实验都以失败而告终。

没有了实验室，他自己造，很快地，一个微型实验室在郊区成立了，他白天是乞丐，晚上便成了一个科学家，他省吃俭用地请了两个略微懂一些物理常识的助手，但助手听说他的实验流程后吓得夺门而逃，他们不想与一个疯子合作。

3 月份的一天，随着又一声爆炸，这个叫马尔德的年轻人进入了柏林市最大的一家医院，他不得不面临着整容的风险，因为在爆炸中，他被炸得体无完肤。

半年后的一天，一个面容憔悴的年轻人拄着拐杖出现在自己的家门口，马尔德的父亲请来了两位物理学家，请求他们说服自己的儿子不要再做什么惊人的实验。

说服无果，马尔德是个狂热主义者，他深知一项理论的诞生总是充满了惊险与磨难，相信上帝会眷顾自己的。

为了这个原理，他奋斗了 20 余年时间，丢掉了一切，包括爱情与幸福，但他的实验毫无进展。

1916 年，爱因斯坦发明了广义相对论，震惊全世界，马尔德病痛交加，愧疚难当，他忍着剧痛进行了毕生最后一次实验，最终死在实验台上。

爱因斯坦听说了这个消息后，前往探望马尔德的遗体，当他观察了马尔德的实验流程及结果时，爱因斯坦连声叹气：一个错误的方向延误了一个天才的一生。

马尔德其实并不知道，爱因斯坦小时候是个狂热的小提琴爱好者，曾经参加了各式各样的大赛，并且取得过不错的名次，可是在世界大赛上，他却一次次败北碰壁，在一次次聘请高师无果后，他毅然决然地选择了放弃音乐事业，投身于物理学研究领域。

在人生的道路上，选择失败是多么艰难，但硬撑着一个自己无力解决的事业，苦了自己，又害了别人。

既然你千方百计也无法成功，那就该选择失败，拿得起放得下的人才是真英雄。

如果你不曾到过春天

一个年近百岁的老人，孤独地坐在门前的椅子上晒太阳，一个乞丐模样的少年，接近了他，企图从他的薄弱中分到一杯羹，但他却失望至极，因为老人生活艰辛，根本不是他想要猎获的目标。

少年准备离开时，却蓦地出现了惊险的一幕：快要睡着的老人身体在下垂，眼瞅着老人就要落在地面上，而地面上，尽是一些凌乱的碎石。

少年自幼家贫，父母双亡，靠乞讨与抢劫过日子，他本来是过来索取的，他根本没有想过自己会付出。本能促使他接近了老人，用稚嫩的双手托起了老人瘦弱的身体。

少年别无选择，因为老人需要住院，住院需要费用，而老人一直处于高度昏迷状态，少年取出了自己多年积攒的银财，替老人交了住院费用。

他计划着远离是非，老人是个无底洞，他甚至咒骂自己的良心未泯，这样下去会害了自己，但的确是良心难安，他离开了才半天时间，便感受到了老人的孤苦，他迫不及待地重新回到了老人的病床前，而当时，老人刚刚苏醒，他需要一杯水来解渴。

少年及时送上了水，老人苏醒了，并不排斥他。少年就是少年，脸上没有写着坏字，少年天真烂漫，哪个成年人都喜欢与少年来往。

少年本来想着利用自己辛苦积攒的钱财去一所好的学校接受深造，但他的计划落空了。百岁的老人，身体极度虚弱，需要人照顾，医院里的人将少年当成了老人的孙子，要求他片刻不得远离，否则会让警察逮捕他。

少年有苦难言，但他下定了决心，必须要让老人痊愈。

老人的病情在加剧，直到某个黄昏，少年消失得无影无踪，医院里的人忙坏了手脚，谴责之余，便是对苏醒的老人进行数落，认为他没有教育好自己的孙子。

病中苏醒的老人道出了真情，他根本不认识这个孩子。到现在为止，真相大白于天下，一个年幼的孩子，非亲非故，照顾老人 3 个月有余，自己垫付了昂贵的医药费用。媒体蜂拥而来，炒作、爆料，一段真情故事浮出水面。

全城搜寻少年的消息，老人说要感谢少年的悉心照料，但少年却失踪了，此时此刻，少年正面临艰苦的抉择，因为他被几个同伙骗到了郊外，要求他交出巨额财产，如果不是如此，他哪会有钱交老人的医药费用。

少年于一月后成功自救，他满身是伤，他抱着试试看的心理去了医院里，却看到了空空如也的病床，在午夜的街头，他看到了大街上到处贴着找寻他的海报：孩子，爷爷盼着你回家。

少年凯特的故事感动了整个俄罗斯，在莫斯科，在 2013 年的冬日，到处都讲述着凯特的故事，凯特由此获得了莫斯科第一小学的垂怜，他破格被录取到学校接受正规的教育。不仅如此，做了好事，好福气便会不请自来，老人留下了遗嘱，将自己的整套院落留给了少年凯特，这座院落粗略估计，价值上千万卢布。

第一小学开展了向少年凯特学习的行动，如今，校园成立各种各样的关爱老人小组，他们打出了这样的口号：送给老人一个温暖的春天。

如果你不曾到过春天，我们会请来温暖的太阳，请来花枝招展，请来万物复苏，你的世界里，将从此不再冷若冰霜，而是春满人间。

维也纳金色大厅里的乞丐王子

夜幕降临时，维也纳金色大厅里灯火辉煌，座无虚席，正在等着一位世界级的歌唱家一展歌喉。

一个乞丐趁着夜幕徐徐走来，他也许是向往大厅里的热闹氛围，抑或是饥肠辘辘、饥不择食地想冲向里面窃取一些物质食粮。总之，乞丐是成功地进入了大厅里，他找了个不知名的角落藏了起来，他想一会儿在演出开始后，趁着乱子到后台找些粮食充实自己干瘪的身躯。

他躲在楼梯的下方，那儿布满灰尘，乞丐不相信如此光鲜的地方竟然也有阴暗面，他笑了笑，看着人群走向了观众席里。

演出开始了，他沿着楼梯到了二楼，二楼的通道里的门被闩住了，也许这条道路是演员们才有资格涉入的正途，他退了回来。

歌唱家正在台上卖命叫嚣着，他想沿着台下的路到达另外一个角落里，根据直觉判断，那儿有美食吸引自己残缺的味蕾。

乞丐慌不择路，竟然忘了那条小路的下面坐满了观众，台下的灯光关闭着，台上的灯光欺骗了乞丐的眼睛，使他的诱惑力加重、加强。

几乎是走到半路时，台下灯光大作，乞丐一下子坐在地板上，迫于无奈，他只好低下头颅，装作若无其事的样子，听着台上如风般的音乐。

显然观众们发现了乞丐，他们有人嘲笑他，有人甚至用手指点着乞丐的身子，显然，乞丐是整个大厅里最不和谐的乐曲。

台上的演员也发现了端倪，当主持人信誓旦旦地示意工作人员将乞丐驱逐时，演员却摆了摆手，示意让乞丐留下来倾听自己的音乐。

乞丐觉得自己不可一世起来，半天沉闷后，他开始扭动自己的腰肢，扮演出各种各样的角色，一会儿踮着脚，一会儿仰起头颅，总之，他将自己当成了主角。

工作人员终于按捺不住了，他们从两边包抄过去，故意躲开摄像机的镜头，同时用手招呼乞丐马上离开此地。

乞丐左右为难时，台上的演员一曲作罢，一曲方始时，却突然间走到台前，用手搀着乞丐的身子，然后将他拉向了舞台。

镁光灯刺激着乞丐迷离的眼睛，演员讲述着自己刚刚编织的故事：

乞丐是我的朋友，也是我今晚请来的客人，大家可能觉得奇怪，维也纳金色大厅高贵无比，为何你非要让一个乞丐进来？我要说的是，乞丐也会成为王子，乞丐也可能成为故事的主角，我相信，这位乞丐王子一定是今晚的主角。

台下掌声雷动，乞丐却突然间抬起了迷离的眼睛，冲着演员深鞠一躬后，冲下了舞台。

10年过后，维也纳金色大厅里，一个叫约翰逊的美国歌手举办了一场别开生面的演唱会，演唱会到达高潮时，约翰逊突然冲下舞台，拥抱台前的一位老者，他生动地讲述了10年前关于一个乞丐王子的故事：原来，约翰逊就是那个乞丐，他本是一位音乐人，却由于吸毒沉沦，沦为街头的乞丐，他充满了对音乐的向往，所以才想尽办法到金色大厅里偷看演出，本来会被工作人员驱逐，哈里曼——当年的著名歌手却将自己拉向了舞台，还称自己为乞丐王子，还说王子也会成为生活的主角。

约翰逊冲下舞台后，发誓要对得起哈里曼的称赞，他洗心革面，一边打工一边拜师学习音乐，终于成为一位家喻户晓的歌手。

哈里曼动情地说道：当时我的判断是没有错误的，能够冲进维也纳金色大厅里的乞丐，绝对会成为乞丐中的王子。

台下掌声雷动，台上泪光盈盈。

其实，我们每个人都是平凡的，我们一生的向往可能聚焦于此：成为维也纳金色大厅里的乞丐王子。